TITAN
JEUNESSE

D1206086

Les Horloges de M. Svonok

Du même auteur chez Québec Amérique

Jeunesse

Granulite, coll. Bilbo, 1992.
Guillaume, coll. Gulliver, 1995.
• MENTION SPÉCIALE PRIX SAINT-EXUPÉRY (FRANCE)
Le Match des étoiles, coll. Gulliver, 1996.
Kate, quelque part, coll. Titan+, 1998.
Lola superstar, coll. Bilbo, 2004.

SÉRIE KLONK
Klonk, coll. Bilbo, 1993.
• PRIX ALVINE-BÉLISLE
Lance et Klonk, coll. Bilbo, 1994.
Le Cercueil de Klonk, coll. Bilbo, 1995.
Un amour de Klonk, coll. Bilbo, 1995.
Le Cauchemar de Klonk, coll. Bilbo, 1997.
Klonk et le Beatle mouillé, coll. Bilbo, 1997.
Klonk et le treize noir, coll. Bilbo, 1999.
Klonk et la queue du Scorpion, coll. Bilbo, 2000.
Coca-Klonk, coll. Bilbo, 2001.
La Racine carrée de Klonk, coll. Bilbo, 2002.
Le Testament de Klonk, coll. Bilbo, 2003.
Klonk contre Klonk, coll. Bilbo, 2004.
• PREMIÈRE POSITION
PALMARÈS COMMUNICATION-JEUNESSE 2005-2006

SÉRIE SAUVAGE
La Piste sauvage, coll. Titan, 2002.
L'Araignée sauvage, coll. Titan, 2004.
Sekhmet, la déesse sauvage, coll. Titan, 2005.
Sacrilège, coll. Titan, 2006.

Adultes

Les Black Stones vous reviendront dans quelques instants, coll. Littérature d'Amérique, 1991.
Ostende, coll. Littérature d'Amérique, 1994.
Coll. QA compact, 2002.
Miss Septembre, coll. Littérature d'Amérique, 1996.
Vingt et un tableaux (et quelques craies), coll. Littérature d'Amérique, 1998.
Fillion et frères, coll. Littérature d'Amérique, 2000.
Coll. QA compact, 2003.
Je ne comprends pas tout, coll. Littérature d'Amérique, 2002.
Adieu, Betty Crocker, coll. Littérature d'Amérique, 2003.
Mélamine Blues, coll. Littérature d'Amérique, 2005.

Les Horloges de M. Svonok

FRANÇOIS GRAVEL

QUÉBEC AMÉRIQUE jeunesse

Catalogage avant publication de Bibliothèque et Archives Canada

Gravel, François
Les Horloges de M. Svonok
(Titan jeunesse; 70)
ISBN 978-2-7644-0540-6
I. Titre. II. Collection.
PS8563.R388H67 2007 jC843'.54 C2006-941831-4
PS9563.R388H67 2007

Nous reconnaissons l'aide financière du gouvernement du Canada par l'entremise du Programme d'aide au développement de l'industrie de l'édition (PADIÉ) pour nos activités d'édition.

Gouvernement du Québec – Programme de crédit d'impôt pour l'édition de livres – Gestion SODEC.

Les Éditions Québec Amérique bénéficient du programme de subvention globale du Conseil des Arts du Canada. Elles tiennent également à remercier la SODEC pour son appui financier.

Québec Amérique
329, rue de la Commune Ouest, 3e étage
Montréal (Québec) H2Y 2E1
Téléphone: 514-499-3000, télécopieur: 514-499-3010

Dépôt légal: 1er trimestre 2007
Bibliothèque nationale du Québec
Bibliothèque nationale du Canada

Révision linguistique: Michèle Marineau
Mise en pages: André Vallée – Atelier typo Jane

Imprimé au Canada

À Mélissa

Temps mort

Toutes les histoires d'horreur qui se respectent commencent au paradis. Les personnages sont jeunes, beaux, amoureux, heureux, et tout va pour le mieux dans le meilleur des mondes... jusqu'à ce qu'une petite fissure commence à lézarder les fondations de leur bonheur. Au début, personne ne s'aperçoit de sa présence, mais elle devient bientôt un abîme dont personne ne sortira indemne.

Cette histoire-ci ne fait pas exception à la règle : elle commence au paradis.

Imaginez un chalet dans les Laurentides. Nous sommes en juillet, les journées sont chaudes et ensoleillées, et les nuits juste assez fraîches pour qu'on ait envie de se rapprocher de son amoureuse. Ma Roxanne à moi est là, évidemment : comment imaginer le paradis sans elle ? Il y a aussi nos amis Mathieu et Maude, et c'est tout. Le club des Cadavres exquis est de nouveau réuni, dans un décor de rêve, cette fois-ci.

Le chalet est situé en bordure d'un lac tellement isolé que nous pourrions nous baigner nus sans que personne s'en offusque, et il est si loin de la civilisation que nous pourrions ensuite nous promener dans la forêt qui l'entoure pendant des heures sans provoquer de scandale. C'est juste une façon de parler, évidemment : il faudrait être fou pour se promener nu dans une forêt de pins en plein été. Mais se baigner dans un lac limpide, quel délice ! Nous le traversons à la nage chaque soir, après le travail, et nous éprouvons chaque fois le même bonheur. Roxanne, qui ne peut pas nager à cause de son genou trop fragile, nous suit en chaloupe jusqu'à un rocher qui émerge de l'eau, tout près de la rive opposée, et sur lequel nous aimons nous reposer un peu avant de rentrer au chalet. Cet arrêt est toujours un des moments magiques de nos journées, mais il est loin d'être le seul : après le souper, nous passons la soirée autour d'un feu de camp à chanter, à bavarder ou à nous raconter des histoires d'horreur. Si vous nous connaissez déjà, vous savez que c'est notre passion commune.

Le plus beau de l'affaire, c'est que nous sommes payés pour vivre dans ce paradis !

Laissez-moi vous expliquer comment nous sommes arrivés là. Le chalet appartenait à un certain M. Svonok, qui y vivait en ermite depuis près de quarante ans. Il est mort au début de l'été, laissant pour seuls héritiers une nièce qui habite en Angleterre et un cousin qui vit au Vermont. Ne voulant ni l'un ni l'autre de ce chalet, ils ont confié la tâche de le vendre à M. Lachapelle, le père de Mathieu, qui est agent immobilier. Comme la propriété était en mauvais état, M. Lachapelle a proposé à ses clients de nous engager tous les quatre pour la retaper avant de la mettre sur le marché : elle pourra ainsi être vendue plus cher, et tout le monde y gagnera.

Les clients ont accepté, et nous aussi, évidemment : quel jeune de dix-sept ans serait assez fou pour refuser de passer tout un mois avec ses amis dans un décor de rêve tout en touchant un salaire ? Aucun de nous quatre, en tout cas !

Nous ne sommes pas ici en vacances, attention ! Le chalet était vraiment décrépit à notre arrivée. M. Svonok ne l'avait pas repeint depuis des décennies, et quelques planches de la véranda étaient pourries. Il a fallu les remplacer, puis gratter toute la vieille peinture avant d'appliquer une couche d'apprêt. C'était un travail harassant, qui nous a valu plusieurs ampoules et de nombreuses raideurs musculaires.

Nous avons aussi travaillé sur le terrain, envahi par des arbustes bizarres qui ressemblaient vaguement à des framboisiers, mais qui ne produisaient rien d'autre que des épines. Ayant été élevé dans un verger, je n'ai pas peur de ce genre de travail. Un peu de sueur n'a jamais tué personne, surtout si on peut soigner sa fatigue en piquant une plonge dans un lac à la fin de la journée.

Après une semaine de ce régime, nous étions comme neufs : la combinaison de travail physique, de baignade et de grand air nous avait complètement régénérés.

Nous avons consacré la deuxième semaine à la peinture extérieure de la maison, ce qui n'était pas une mince affaire : imaginez une maison en bois, style Nouvelle-Angleterre, toute en corniches et en tourelles, et entourée d'une vaste véranda. Les planches étaient si étroites et les corniches si tarabiscotées qu'il était impossible d'utiliser des rouleaux. Nous y avons travaillé plus longtemps que prévu, mais ça en valait la peine : à la fin de la deuxième semaine, la maison était comme neuve. Mieux que neuve, elle était lumineuse, et elle restait lumineuse jusque tard dans la nuit, un peu comme ces jouets phosphorescents qui brillent dans l'obscurité.

Au moment où commence mon histoire, il nous reste encore du travail pour une semaine. Mathieu et moi nous attaquerons bientôt à la peinture du garage, un bâtiment de bois qui a le même âge que le chalet. Il faudra ensuite le vider des objets qui l'encombrent, tandis que les filles feront de même pour la maison. Si tout va bien, nous profiterons ensuite d'une dernière semaine de vraies vacances, sans rien d'autre à faire que nous baigner, marcher, lire, jouer au *Risk* et lézarder sur le quai.

J'ai hâte de fouiller dans ce garage, qui déborde d'objets fascinants : de vieux meubles, des raquettes, des skis, des cadres de bicyclettes, des outils étranges dont personne parmi nous ne connaît l'usage (peut-être que ce sont des instruments de torture, a suggéré Mathieu à la blague, et nous avons passé une journée entière à inventer des histoires macabres sur ce thème), et surtout une magnifique Studebaker

1951 – si vous ne savez pas à quoi ressemble cette automobile, allez faire une recherche sur Internet, vous m'en donnerez des nouvelles. N'oubliez pas cependant de revenir à mon histoire, l'action va bientôt commencer.

Sans être un passionné, j'aime bien les vieilles autos, surtout les modèles des années cinquante et soixante. Les ingénieurs pouvaient vraiment utiliser leur créativité, dans ce temps-là, et ils avaient l'air de s'amuser comme des fous.

À ma grande surprise, Mathieu s'est montré dès les premiers jours encore plus intéressé que moi par la Studebaker. J'irais même jusqu'à dire qu'il a éprouvé un véritable coup de foudre pour cette antiquité.

— Ça doit valoir une fortune, une merveille comme celle-là ! a-t-il dit en la regardant d'un air admiratif. J'aimerais entendre le son du moteur : ça doit être beau comme un poème. Dommage que la batterie soit morte...

Je ne sais pas si le son d'un moteur peut être beau comme un poème (mon ami a souvent des idées bizarres, surtout quand il est question de poésie), mais Mathieu a sûrement raison quant à la valeur de cette automobile. Elle est en parfait état, sans la moindre trace d'usure, comme si elle sortait tout droit de la salle de montre du concessionnaire.

Depuis notre arrivée, il ne se passe pas une journée sans que Mathieu aille l'admirer avant de se mettre au travail, et il y retourne souvent après le souper. Il en fait chaque fois le tour en donnant des coups de pied sur les pneus, il ouvre le capot pour examiner le moteur, puis il va s'asseoir à la place du conducteur, heureux comme un enfant. C'est tout juste s'il ne s'amuse pas à tourner le volant pour imiter les grandes personnes. Peut-être va-t-il nous pondre un recueil de poèmes en hommage à la Studebaker d'ici la fin de l'été, qui sait ?

Chaque fois que je regarde cette automobile, j'éprouve pour ma part un curieux malaise. J'ai en effet l'impression de voir un objet qui n'a jamais existé, et qui pourtant se trouve là, devant mes yeux. Cette Studebaker est trop belle pour être vraie.

La maison recelait des dizaines d'objets tout aussi étranges lorsque nous sommes arrivés, mais la plupart se trouvent maintenant chez des antiquaires de la région : dès le premier dimanche, le père de Mathieu a organisé un encan pour disposer de ces trésors, et il a obtenu pour certains d'entre eux des prix mirobolants. Les tableaux, les bibelots, les vieux meubles, le gramophone, les instruments de musique anciens – une balalaïka, un cor anglais et un harmonium – et les dizaines d'horloges qui encombraient toutes les pièces ont été vendus à bon prix, mais pas autant, à mon grand étonnement, que les vieux jouets que M. Svonok avait conservés toute sa vie. Se doutait-il que son train électrique, ses soldats de plomb et ses poupées russes valaient une telle fortune ? L'encanteur, lui, ne paraissait pas surpris le moins du monde : « Il n'y a rien de plus *hot* sur le marché en ce moment que les vieux jouets, nous a-t-il dit. Une vraie folie. »

Les antiquaires ont rempli leurs camions, ce jour-là, mais le chalet semblait tout aussi encombré après leur départ : M. Svonok était le genre d'homme qui ne jetait rien. Mieux encore, il entretenait ses objets si méticuleusement qu'ils semblaient neufs. Si la propreté des murs et des planchers laissait à désirer, il n'y avait en revanche pas la moindre trace de poussière sur les choses, ni de toiles d'araignées dans les rayons de la bibliothèque. Comme la Studebaker, les objets semblaient avoir traversé le temps sans la moindre trace d'usure.

Notre dernière tâche consistera à vider la maison de son contenu. Il faudra examiner soigneusement les vêtements de M. Svonok, au cas où il aurait laissé de l'argent dans les poches, puis les mettre dans des sacs qui seront ramassés par la société de Saint-Vincent-de-Paul. Nous devrons ensuite ranger les lettres personnelles, les albums de photos et les souvenirs dans des boîtes qui seront acheminées chez les héritiers, et enfin trouver un moyen de nous débarrasser des milliers de livres qui encombrent les bibliothèques.

Je n'exagère pas quand je parle de *milliers* de livres : il y a des étagères dans chaque pièce, et elles montent jusqu'au plafond. Chaque rayon déborde d'ouvrages anciens, souvent reliés en cuir. Personne ne sait encore ce qu'on en fera : les antiquaires n'en ont pas voulu, les héritiers non plus. Il semble qu'il n'y a pas de marché pour de vieux bouquins scientifiques écrits en russe ou en ukrainien, même s'ils sont admirablement conservés.

Une fois la maison libérée des objets qui l'encombrent, il faudra laver les vitres, les murs, les planchers, et ce sera fini.

Nous en avons encore pour une semaine, si du moins le temps continue de se dérouler dans le bon sens.

Ce que je viens d'écrire peut sembler absurde, je le sais : le temps ne se déroule-t-il pas *toujours* dans le même sens, du passé vers l'avenir, en passant par le présent ? Il ne peut pas faire autrement, c'est impossible. Sauf en imagination, évidemment : on lit parfois des romans où les personnages remontent dans le temps à bord d'étranges machines. Les héros n'ont qu'à tourner les aiguilles d'un cadran pour se promener d'une époque à l'autre avant de revenir tranquillement chez eux, dans leur maison de banlieue où rien n'a changé, sauf un petit détail troublant qui laisse croire que le temps est *vraiment* déréglé...

Ça, c'est dans les romans. Mais quand le temps se dérègle vraiment, quand il se brise comme un miroir et que ses éclats se reflètent à l'infini, quand certains de ces éclats vous font voir des visions d'horreur et que vous n'osez pas fermer les yeux parce que vous savez que ce serait encore pire, vous vivez une expérience pour le moins terrifiante, vous pouvez me croire. Et dans la vraie vie, le scénariste n'a pas toujours prévu un cadran dont on peut tourner les aiguilles au bon moment pour revenir dans le présent...

La seule chose qui soit absolument certaine, c'est que la fissure apparaît un soir de feu de camp, au début de la troisième semaine, alors que nous regardons ce chalet que nous venons de repeindre et qui brille d'une étrange lumière.

C'est ce soir-là que nous apercevons pour la première fois le mirage, de l'autre côté du lac.

Ça se passe un dimanche soir, ça aussi j'en suis certain.

Remontons donc au dimanche matin pour essayer de comprendre...

Dimanche

Dimanche, huit heures

Le dimanche est notre journée de congé. Interdiction totale de donner un coup de pinceau ou de remplir des boîtes. Nous aimerions bien en profiter pour dormir jusqu'à midi, mais c'est précisément ce jour-là que le père de Mathieu choisit pour venir inspecter les travaux. Impossible de lui en vouloir : c'est lui qui nous paie, après tout, et puis nous comptons sur lui pour le ravitaillement. Le village le plus proche est à quatorze kilomètres : personne n'a envie d'y aller à pied, et encore moins d'en revenir chargé de sacs d'épicerie.

M. Lachapelle arrive donc à huit heures du matin, stationne sa Jeep Grand Cherokee devant la maison et donne un vigoureux coup de klaxon pour être bien sûr de nous déranger. Les oiseaux qui nous servent habituellement de réveille-matin en ont pour une semaine à s'en remettre. Du moins ceux qui ne sont pas morts d'un infarctus... Difficile d'imaginer pire façon de commencer une journée

— Magnifique ! s'exclame-t-il en faisant le tour du chalet. Tout simplement magnifique ! Des professionnels n'auraient pas fait mieux, et ça m'aurait sûrement coûté trois fois plus cher. Wow ! Je n'en reviens pas ! C'est presque trop beau pour être vrai ! On dirait... on dirait qu'il est *lumineux*... Peut-être que j'aurais dû choisir un blanc plus discret, mais j'imagine que ça va ternir avec le temps. Je ne pensais jamais que vous pourriez couvrir autant de surface avec si peu de peinture ! Vous en reste-t-il assez pour le garage ? Oui ? Parfait ! J'avais peur que ça me coûte plus cher... Au fait, j'ai trouvé un acheteur pour la Studebaker. Il devrait passer mercredi matin. Attention de ne pas me l'abîmer ! Vous avez fait un excellent travail, je vous félicite... Bon, qui vient au village avec moi ? Nous rapporterons les bidons de peinture vides au dépotoir en passant, puis nous irons à l'épicerie pour vos achats de la semaine. J'aurai ensuite besoin d'un coup de main pour remplir la Jeep : j'ai contacté un brocanteur qui sera sans doute intéressé à me prendre quelques vieilleries... Il n'y a pas de petit profit !

Mathieu et Maude partent avec lui, tandis que Roxanne et moi profitons de leur absence pour faire un grand tour de canot autour du lac. Seuls tous les deux, nous nous payons des vacances à l'intérieur de nos vacances : n'est-ce pas le comble du luxe ?

Dimanche matin, un peu plus tard

Il n'y a pas le moindre soupçon de vent, et le lac est lisse comme un miroir. Çà et là, quelques fragments de brouillard traînent encore à la surface de l'eau, comme des fleurs de coton qui s'effilochent lentement sous les rayons du soleil. Nous essayons de pagayer le plus doucement possible, pour ne pas rompre le charme de cette vision paradisiaque. Chaque coup d'aviron creuse un tourbillon, que je laisse lentement disparaître avant d'en créer un autre. Si seulement le temps pouvait ralentir dans ces moments-là, et *seulement dans ces moments-là...*

— Sais-tu à quoi je rêve depuis que nous sommes ici, Steve ? me dit Roxanne à voix basse lorsque nous nous arrêtons quelques instants sur le rocher qui émerge de l'eau, tout près de l'autre rive.

— Quelque chose me dit que ça ressemble à mes propres rêves...

— ... Je reçois un héritage d'une vieille tante que je ne connais même pas, poursuit-elle, et j'achète le chalet, le lac, les montagnes tout autour. Cet endroit est vraiment magique... Imagines-tu vivre ici, toi ?

— Il ne se passe pas un jour sans que j'y pense. Je serais un écrivain riche et célèbre, et j'écrirais chaque matin des histoires que j'enverrais par Internet à mes éditeurs à travers le monde. L'après-midi, je traverserais le lac à la nage, je fendrais du bois pour l'hiver, je préparerais des repas avec toi... Le soir, on pourrait lire un bon roman au coin du feu, ou bien on recevrait des amis. L'hiver, ce serait pareil : j'écrirais mes histoires le matin, et je chausserais mes skis l'après-midi pour aller faire des courses au village, ou bien seulement pour prendre l'air... J'ai même pensé à la décoration de la maison : je garderais tous les vieux livres de M. Svonok, pour l'ambiance. Il n'y a rien de plus chaleureux que des vieux livres, peu importe si on les lit ou pas. Et peu importe si ces vieux livres-là paraissent étrangement neufs.

— ... Tu ne trouves pas que ça fait un peu sombre, toutes ces reliures de cuir ?

— Peut-être, oui. Mais il y aurait des meubles en osier dans toutes les pièces, comme chez toi. Je ne connais rien de mieux pour me sentir en vacances.

— ... Le seul ennui, c'est que je n'ai pas de tante millionnaire...

— Et moi, je ne suis pas un auteur de best-sellers... Je dois avoir à peu près deux cents dollars dans mon compte de banque. Quelque chose me dit que ce n'est pas suffisant pour un premier paiement...

— C'est ça, le problème, quand on a dix-sept ans : on est équipés pour faire des rêves grands comme le monde, mais on n'a aucun moyen de les réaliser. C'est tellement frustrant ! Plus je retape cette maison, plus je l'aime, et plus je sens qu'elle m'appartient. Je ne peux pas me résigner à ce qu'elle soit vendue à un pur étranger sous prétexte qu'il est plus riche que moi. Ce n'est pas juste : c'est *moi* qui la répare, et c'est quelqu'un d'autre qui en profitera !

— Le nouveau propriétaire ne sera pas le seul à en profiter, Rox : plus nous ajoutons de la valeur à la maison, plus la commission du père de Mathieu devient intéressante. Il avait des étoiles dans les yeux en faisant le tour de la propriété, tout à l'heure. Des étoiles en forme de dollars... On dirait que cet homme-là ne pense qu'à l'argent, as-tu remarqué ? Toujours à grappiller un sou par ici, un sou par là...

— Raison de plus pour être frustrée : c'est nous qui travaillons, et c'est lui qui empochera les profits ! Mais il fait un temps magnifique, et nous avons une belle journée de congé devant nous. On devrait en profiter plutôt que de mariner dans la jalousie, non ? On va d'abord rentrer pour aider Mathieu et Maude à ranger le marché. Ensuite, on s'organisera un concentré d'été en un seul après-midi. Ça te va ?

Il y a tellement de choses que j'aime chez Roxanne que j'aurais bien du mal à en dresser la liste, ce que je n'ai de toute façon aucune envie de faire. Mais un des traits que j'apprécie le plus chez elle, c'est sa capacité à changer d'humeur presque instantanément. Aussitôt qu'elle commence à glisser sur la pente savonneuse des lamentations, elle se secoue et redevient souriante. Je souhaite à tout le monde d'avoir une amoureuse comme elle.

Dimanche après-midi

Aussitôt les aliments rangés, nous aidons M. Lachapelle à remplir sa Jeep de vieilleries dont aucun antiquaire n'a voulu : une peau d'ours mitée, une tête de chevreuil éborgné, un poisson empaillé… Pense-t-il vraiment trouver un brocanteur intéressé à ces horreurs ? Si oui, tant mieux pour lui, et tant mieux pour nous par la même occasion : plus la maison se vide, plus ce sera facile d'y faire le ménage.

Nous avons tellement hâte de nous retrouver seuls que nous l'aidons à empiler d'autres vieilleries, et c'est tout juste si nous ne lui poussons pas dans le dos pour qu'il parte au plus vite. Bon voyage, *boss* !

Nous mangeons ensuite un sandwich, puis nous embarquons tous les quatre dans la chaloupe pour une expédition jusqu'à la décharge du lac, où Maude a repéré un barrage de castors. Nous regardons travailler un moment nos camarades ouvriers, puis nous revenons à la nage, tandis que Roxanne nous suit en ramant. À ce rythme-là, elle va avoir des biceps d'acier à la fin de l'été !

Une fois rentrés au chalet, nous essayons de pêcher avec de vieilles cannes que nous avons dénichées dans le garage. Personne ne s'attend à des miracles, évidemment : le soleil tape fort, et nous appâtons nos hameçons rouillés avec des grains de maïs... À notre grande surprise, Maude et moi attrapons presque en même temps deux splendides achigans qui nous donnent bien du fil à retordre, c'est le cas de le dire : les poissons se débattent comme des diables dans l'eau bénite et vont se réfugier sous les piliers du quai, dont ils font huit fois le tour... Il faut couper le fil avec un canif pour en venir à bout, mais nous avons au moins gagné notre souper.

Pendant que je me charge de préparer les filets d'achigan dans la cuisine, les filles s'installent sur le quai avec un roman, tandis que Mathieu, qui n'aime pas lézarder au soleil, se réfugie une fois de plus dans la Studebaker – attention, Mathieu, Maude va finir par être jalouse !

Une fois les filets de poisson rangés dans le réfrigérateur, je vais m'installer à l'ombre d'un tilleul et j'essaie d'apprendre les accords que Mathieu m'a montrés sur sa guitare : *do*, *la* mineur, *ré* mineur, *sol* septième... Ça grince, ça fausse, ça ne ressemble à rien, les cordes me font mal aux doigts... Je ne suis vraiment pas doué pour la musique, autant me faire à l'idée. Mathieu s'est mis à gratter la guitare il y a à peine six mois, et il est déjà capable d'improviser des blues convaincants. Il accompagne parfois Maude quand elle chante – et elle chante très bien. Je suis un peu jaloux, je l'avoue. Heureusement que Roxanne n'est pas plus douée que moi pour la musique : nous pouvons nous consoler mutuellement.

Je suis sur le point d'abandonner mes efforts quand Mathieu, qui a enfin lâché sa Studebaker, propose une partie de *Risk* sur la table à pique-nique, à l'ombre des grands pins. Les filles se laissent convaincre, au grand plaisir de Mathieu. S'il n'en tenait qu'à lui, on jouerait au *Risk* chaque soir. Il raffole de ce jeu, même s'il est mauvais perdant. Je dois dire que je suis assez mauvais perdant, moi aussi, mais j'arrive à le dissimuler mieux que lui. Heureusement pour l'humeur générale, c'est Mathieu qui gagne, cet après-midi-là, et il n'en est pas peu fier.

Nous mangeons ensuite nos filets d'achigan, puis nous préparons le feu de camp, qui devrait être le point culminant de cette journée idéale. Je dresse une pyramide de branches sèches tandis que Mathieu accorde sa guitare et que les filles vont chercher les couvertures... À vingt heures, tout va encore très bien.

Dimanche, à la tombée de la nuit

Est-ce que je vous ai dit qu'il n'y a pas de télévision ni de radio dans ce chalet ? Le seul objet qui peut vaguement ressembler à un moyen de communication moderne est une radio à ondes courtes, un truc bizarre qui fonctionne avec des lampes. Aucun des antiquaires n'en a voulu, sans doute parce que personne ne savait à quoi ça pouvait servir. J'ai bien essayé de manipuler la grosse roulette pour capter des SOS de navires en détresse ou des messages d'extraterrestres, mais tout ce que j'ai réussi à obtenir, c'est de la friture. Il n'y a donc pas de radio, pas de télé, pas même de disques ni de cassettes. Nous avons décidé d'un commun accord de laisser à la maison nos lecteurs de CD et nos iPods : si nous voulons de la musique, nous la ferons nous-mêmes.

Mathieu improvise un blues pour donner le ton à la soirée, et Maude fredonne quelques chansons pendant que les dernières lueurs du jour disparaissent à l'horizon.

Quand la nuit est vraiment tombée, Mathieu range sa guitare dans son étui, et nous commençons enfin à nous raconter nos histoires d'horreur préférées.

Certaines personnes ne peuvent imaginer un feu de camp sans guimauves grillées. Pour ma part, je m'en passe très facilement. Question de goût. Mais je ne peux pas résister à une histoire d'horreur bien racontée. Depuis que nous avons suivi les cours de français de M. Vinet, qui raffolait de ce genre de littérature, mes amis et moi sommes tous devenus accros à cette drogue.

Maude, qui a passé tous les étés de son enfance dans des camps de vacances, connaît des dizaines de légendes, toutes plus effrayantes les unes que les autres, et elle sait les raconter en prenant bien son temps. Le truc, nous répète-t-elle souvent, c'est d'en dire le moins possible : les pires monstres sont toujours ceux qu'on ne voit pas. Pendant la première semaine, elle nous offrait une nouvelle histoire chaque soir : celle du maniaque à la hache qui découpe des enfants en morceaux et collectionne leurs yeux dans des bocaux de vitre, celle du cimetière indien d'où émanent des esprits diaboliques les soirs de pleine lune, celle de la campeuse muette, aux cheveux noirs et au visage blafard, qui ne se sépare jamais de sa poupée de porcelaine aux pouvoirs occultes... Nous avons eu beaucoup de plaisir à démonter ces récits pour découvrir comment ils étaient faits, et à essayer d'inventer de nouvelles variations.

Mathieu en connaissait de bonnes, lui aussi, dans un registre plus macabre. Il nous a tenus en haleine toute une soirée avec une histoire qu'il prétendait véridique et qui se serait déroulée au XIXe siècle. À cette époque, nous a-t-il expliqué, les étudiants en médecine étaient obligés de profaner des tombes pour se procurer des cadavres à disséquer. Ils se promenaient donc dans les cimetières avec leur pelle et leur lanterne, la nuit venue, à la recherche de terre fraîchement retournée. Certains gaz s'échappaient parfois des cadavres en décomposition, et quand les étudiants approchaient leur lanterne un peu trop près... Je vous fais grâce de la description qui suivait, c'est vraiment trop dégueulasse.

Mais c'est Roxanne qui a remporté le championnat des frissons en nous résumant un livre qu'elle venait de lire à propos des expériences que les médecins nazis réalisaient dans les camps d'extermination d'Auschwitz et de Treblinka. Ces « scientifiques » arrachaient la peau des prisonniers pour en faire des abat-jour ou des couvertures de livres, ils greffaient des organes d'animaux sur des humains, ils leur inoculaient des virus de maladies mortelles pour étudier leurs réactions… Le plus cruel de ces médecins était un certain Dr Mengele, qui greffait ensemble des jumeaux pour en faire des siamois. Il opérait sans la moindre anesthésie, évidemment… Le pire, c'est qu'il n'a même pas été puni pour ses crimes odieux : il a réussi à s'enfuir en Amérique du Sud, où on a perdu sa trace. Quand il est question d'horreur, a conclu Roxanne, la fiction n'arrive jamais à la cheville de la réalité. Nous avons bien été obligés d'admettre qu'elle avait raison. Jamais je n'aurais osé écrire de telles horreurs !

C'est maintenant mon tour de raconter une histoire. Contrairement à mes amis, je ne suis jamais allé dans une colonie de vacances. Je n'ai pas lu non plus des tonnes de thrillers, comme Maude et Roxanne. La seule histoire d'horreur que mes parents m'ont racontée est celle du *Petit Chaperon rouge*. Je pense cependant que je suis assez doué pour en inventer, et je ne m'en prive pas.

Ce soir, j'ai envie de tester auprès de mes amis une idée de roman à laquelle j'ai longuement réfléchi tandis que je peignais la maison, et qui s'inspire des horloges que nous avons vues dans la maison de M. Svonok. Imaginons un peu que ces horloges aient d'étranges pouvoirs...

Mais j'ai à peine le temps de broder les premiers fils de mon récit que Roxanne agite la main pour me faire taire.

— On dirait que nous avons de la compagnie...

Je m'attendais à ce qu'elle nous montre un raton laveur ou une mouffette, mais elle désigne plutôt une lumière, de l'autre côté du lac.

— Tu as raison, Rox, dit Maude. Quelqu'un vient d'allumer les lumières dans un chalet.

D'où nous nous trouvons, nous ne distinguons pas les contours de ce chalet, mais nous arrivons à deviner deux grandes fenêtres illuminées, de même qu'une troisième, plus petite, placée un peu plus haut.

— C'est bizarre, poursuit Maude en s'adressant à Mathieu. Ton père nous a pourtant dit qu'il n'y avait pas d'autres habitations autour du lac...

— C'est ce que je pensais, moi aussi, répond Mathieu. C'est bizarre, en effet...

— Ce que je ne comprends pas, ajoute Roxanne, c'est que ce chalet a l'air de se trouver en bordure du lac. On voit même son reflet dans l'eau. Je n'ai pas le sens de l'orientation, mais il me semble qu'il est tout près du rocher où nous nous arrêtons chaque jour... Steve et moi y sommes allés ce matin, pendant que vous étiez au village... Comment se fait-il que nous n'ayons jamais vu ce chalet ?

— Je pense que le rocher est plutôt vers la droite, répond Maude.

— Les distances sont difficiles à évaluer sur un lac, ajoute Mathieu. Quand c'est la nuit, en plus...

— Qu'il soit à droite ou à gauche ne change rien, reprend Roxanne. Nous avons fait le tour du lac au moins dix fois depuis que nous sommes ici. S'il y avait eu un chalet au bord de l'eau, nous l'aurions déjà vu !

Une idée me traverse l'esprit pendant que mes amis continuent à discuter : il y a des jumelles dans la bibliothèque du salon. Peut-être que je devrais aller les chercher ? Mais j'ai à peine le temps de me lever que les lumières du chalet mystérieux s'éteignent. Je ne sais pas trop comment réagir : les jumelles ne me serviront à rien pour scruter l'obscurité, mais peut-être que je devrais aller les chercher quand même... Je fais quelques pas en direction de la maison, lorsque je suis frappé par une autre lumière.

— Regardez ça !

Les trois autres se tournent en même temps vers notre maison, qui brille d'une étrange lueur bleutée.

— Elle n'a jamais été aussi brillante, murmure Maude.

— Peut-être qu'il y a quelque chose de phosphorescent dans la peinture, dit Mathieu. Quelque chose qui emmagasine la lumière du jour et la reflète pendant la nuit.

— Regardez les fenêtres, dit Roxanne : les deux plus grandes sont illuminées, tout comme la plus petite, un peu plus haut... Exactement comme celles du chalet d'en face !

— Tout s'explique, dit Mathieu : nous avons vu le reflet de notre chalet dans l'eau du lac, tout simplement.

— Pourquoi est-ce qu'on ne l'a pas vu avant ce soir, dans ce cas ? demande Maude. Ce n'est quand même pas notre premier feu de camp ! Et pourquoi le reflet aurait-il disparu alors que notre chalet est encore lumineux ?

— Peut-être que c'est un phénomène qui se manifeste seulement quand l'eau du lac est plus froide que l'air, ou plus chaude, quelque chose dans ce genre-là... Je ne suis pas très fort en physique, mais ça me semble possible... Une sorte de mirage...

— Dans ce cas, on devrait encore pouvoir l'observer, réplique Maude, non sans raison. Un mirage, ça ne s'éteint pas avec un interrupteur.

Je vais chercher les jumelles pendant que mes amis continuent à discuter, mais elles ne me servent à rien : j'ai beau scruter l'autre rive, je ne vois rien du tout. Ça ne sert pas à grand-chose d'agrandir des pans de nuit !

Nous essayons ensuite de reprendre le fil de la conversation, sans trop de succès. Personne n'est intéressé à entendre mon histoire d'horloges, que je n'ai plus envie de raconter, de toute façon, et qui me semble soudain bien terne à côté de ce que la réalité nous a offert.

Nous nous contentons de regarder le feu en silence, tandis que Mathieu reprend sa guitare et essaie de nous jouer quelque chose. Comme il n'est pas très inspiré, il remet vite l'instrument dans son étui.

— Les cordes se distendent à cause de la chaleur, nous dit-il en guise d'excuse. C'est ça, le problème, avec les feux de camp...

Je ne réponds pas pour ne pas gâcher ce qu'il reste d'ambiance, mais je ne peux pas m'empêcher de penser que sa guitare était tout aussi désaccordée hier soir et que personne ne s'en était offusqué.

Nous sommes là, tous les quatre, toujours les mêmes, nous n'avons pas changé depuis hier, nous habitons le même coin de paradis, mais aucun d'entre nous ne semble capable de se détendre et d'apprécier le moment présent, comme si nos esprits avaient été pollués par ce mirage. Plutôt que d'admirer le feu, nous regardons constamment de l'autre côté du lac, au cas où le chalet fantôme apparaîtrait de nouveau...

— Écoutez, nous avons vu des *lumières*, c'est tout, finit par dire Roxanne. Même pas des lumières, en fait : des reflets, de simples reflets. Est-ce qu'on va se laisser gâcher l'existence par des reflets ? Pourquoi est-ce qu'on n'essaierait pas de raconter des histoires drôles, pour se changer les idées ?

C'est un bel effort, mais qui ne donne rien. De mauvaises blagues peuvent parfois être très drôles – ce sont même souvent celles dont on rit le plus longtemps –, mais quand les meilleures des pires blagues ne réussissent même pas à nous arracher un sourire forcé, c'est que l'atmosphère est vraiment pourrie. Merci quand même, Rox.

Lundi

Lundi, au lever du soleil

Travail manuel, plein air, soleil, natation : je ne connais pas de meilleure recette pour m'endormir aussitôt la tête posée sur l'oreiller. Depuis notre arrivée ici, j'ai l'habitude de dormir comme une bûche, mais la nuit dernière a été plus difficile : j'ai entendu des bruits bizarres, j'ai fait des rêves qui n'avaient ni queue ni tête, je me suis réveillé en sursaut à plusieurs reprises avant de me rendormir à moitié... À six heures du matin, me voici les yeux grands ouverts, et je n'ai pas une chance sur cent de me rendormir. Plutôt que de rester là à regarder le plafond, je décide de me lever pour préparer le petit déjeuner.

Je m'affaire à mettre le couvert le plus silencieusement possible pour ne pas déranger les autres lorsqu'il me semble entendre la porte de la véranda s'ouvrir. Je m'arrête pour mieux prêter l'oreille, et je perçois des craquements et des grincements, comme si quelqu'un marchait à pas feutrés. Je m'approche de la porte, une boîte de céréales encore dans les mains – cela ne me sera pas d'un grand secours si je dois affronter un ours ou un fantôme ! – et j'aperçois Mathieu, qui marche sur la pointe des pieds.

Il a l'air tellement étonné de me voir qu'il sursaute.

— Qu'est-ce que tu fais là ? me chuchote-t-il.

— J'avais un peu de mal à dormir, alors je me suis levé...

— Pareil pour moi. Je me suis réveillé à cinq heures, et je suis allé... je suis allé prendre l'air... Je... Je suis allé sur le quai, en fait. Je voulais... Je voulais voir si je pourrais apercevoir le chalet, de l'autre côté. Je n'ai rien vu, évidemment.

Ce n'est pas dans les habitudes de Mathieu d'hésiter comme ça. On dirait qu'il se sent coupable, ou qu'il veut me cacher quelque activité honteuse.

— Ça m'a chicoté toute la nuit, moi aussi, cette affaire-là... Mais pourquoi n'as-tu pas pris les jumelles ?

— Je... je n'y ai pas pensé.

Bizarre, ça ! C'est pourtant le premier réflexe que j'aurais eu, il me semble.

Il reste là, planté devant moi, regardant à gauche et à droite, se mordillant la lèvre, comme s'il hésitait avant de me dire quelque chose.

— Les filles dorment encore ? finit-il par demander.

— Je pense que oui...

— Écoute, Steve, autant te dire la vérité. Je suis allé sur le quai, c'est vrai, mais je n'y suis pas resté longtemps. En fait, je viens de passer une heure dans le garage.

— ... Dans le garage ?... Pour quoi faire ?

— Je... je ne peux pas te le dire. J'ai peur que ça influence ton jugement, tu comprends...

— Pas vraiment, non. Qu'est-ce qui se passe dans le garage ?

— Le plus simple serait que tu t'en rendes compte par toi-même. J'aimerais que tu tentes une expérience, d'accord ? Va t'asseoir dans l'auto pendant dix minutes. Ensuite, tu me diras comment tu te sens.

— ... Qu'est-ce que tu dirais qu'on prenne le temps d'avaler un café avant que j'y aille ? Je meurs de faim quand je me lève, et...

— Je ne te demanderais pas ça si ce n'était pas important, Steve...

Il me regarde droit dans les yeux en disant ces mots, avec l'air implorant d'un chien qui essaie désespérément de faire comprendre quelque chose à son maître. Comment résister à cet air-là ?

— C'est bon, j'y vais...

— Parfait. Tu peux laisser les céréales ici, je pense que tu n'en auras pas besoin.

▲ ▼ ▲

J'éprouve un petit frisson en sortant du chalet. L'air est frais, encore chargé de rosée, et il n'y a pas un soupçon de vent. Les arbres sont parfaitement immobiles, comme s'ils dormaient encore, et le lac est aussi lisse qu'un miroir.

Nous marchons jusqu'au garage, sur ce sol tapissé d'une épaisse couche d'aiguilles de pin qui nous donne l'impression de marcher sur des coussins. Mathieu fait basculer la lourde porte du garage, et la Studebaker m'apparaît dans toute sa splendeur.

— Qu'est-ce que tu attends de moi, au juste ?

— Va t'asseoir dedans, c'est tout ce que je te demande.

— ... Qu'est-ce que je suis supposé ressentir ?

— Ça, je ne peux pas te le dire.

— Est-ce que ça me permettra de comprendre pourquoi tu passes tant de temps dans cette automobile ?

— Écoute, Steve, tais-toi et installe-toi au volant, s'il te plaît...

Ce regard implorant, une fois de plus... Qu'est-ce qui a bien pu se produire dans cette automobile qui ait affecté Mathieu à ce point ?

La portière me semble très lourde, mais elle se déplace comme un charme, sans le moindre grincement. Je m'assois sur la banquette, à la place du conducteur, et je referme la porte.

L'intérieur est bizarre : il n'y a pas de ceinture de sécurité ni d'appuie-tête, et le volant est si gros que j'ai l'impression d'avoir rapetissé. Le tableau de bord est étrangement nu : une radio à boutons-poussoirs, de grosses commandes qui se glissent pour actionner le chauffage, un bras de transmission qui me semble deux fois trop long, un indicateur de vitesse qui indique des milles plutôt que les kilomètres... Dans les années cinquante, il n'y avait pas de voyants lumineux partout, ni d'avertisseurs sonores pour vous indiquer qu'un moustique s'était écrasé sur le pare-brise, et encore moins d'ordinateur de bord... J'aimerais bien allumer la radio, mais ça ne servirait à rien : la batterie est morte.

Je me cale dans la banquette et je regarde le pare-brise, devant moi... Bon, qu'est-ce que je fais, maintenant ? Qu'est-ce que je suis supposé ressentir, au juste ? Je ferme les yeux et j'essaie de respirer profondément, mais je ne suis pas arrivé au bout de ma première inspiration que je risque de m'étouffer : j'ai les poumons en feu, remplis d'odeurs de plastique qui me donnent mal au cœur. J'ouvre les yeux, et ça va un peu mieux, même si j'ai toujours l'impression que l'auto vient tout juste de sortir de l'usine et qu'elle est encore pleine d'odeurs chimiques, alors qu'elle a été construite il y a plus d'un demi-siècle. Des dizaines de souvenirs qui étaient enfouis dans ma mémoire se mettent alors à défiler à toute vitesse dans mon esprit : mon père et ma mère sont assis à l'avant de la voiture, je les vois comme s'ils étaient des géants, nous allons en visite chez une tante, en Gaspésie, j'essaie de lire des bandes dessinées pour passer le temps, mais j'ai mal au cœur, surtout que mon père allume une cigarette ; je regarde le paysage pour essayer de me changer les idées : un poteau, deux poteaux, trois poteaux, le temps me semble long et mou, comme un élastique qui n'en finit pas de s'étirer...

Je reste encore assis une minute ou deux dans la Studebaker, et il ne m'arrive rien de particulier : je n'ai pas de conversation avec un fantôme, je ne me transforme pas en loup-garou, je ne suis pas non plus transporté dans une autre galaxie. Tout ce qui me passe par la tête, ce sont des souvenirs d'enfance.

Fin de l'expérience. Je sors de la Studebaker, je referme la lourde portière, et je me dirige vers Mathieu, qui trépigne d'impatience en m'attendant.

— Et alors ?

— Écoute, Mathieu, je ne sais vraiment pas à quoi tu t'attendais, mais je t'assure que je n'ai rien ressenti d'anormal ni d'inquiétant. La seule chose un peu étrange, c'est que je me suis rappelé de vieux souvenirs...

— Parfait ! Continue !

— ... Que veux-tu que je te dise de plus ?

— Parle-moi des sons, des odeurs...

— Les sons ? Il n'y en avait pas. Silence total. Les odeurs, en revanche, étaient très fortes. Ça me faisait penser à ce que je ressentais en auto quand j'étais petit. Tu sais, quand ton père allume une cigarette et que ça empeste...

— C'est exactement ce que je voulais entendre, Steve ! Tu ne peux pas savoir à quel point je suis soulagé ! Tu as regardé dans le rétroviseur...

— ... Quel rétroviseur ? Je n'ai pas vu de rétroviseur...

— Il n'y en a pas, non plus. Ça ne t'a pas empêché de voir des choses qui sont derrière toi, d'après ce que tu m'as dit. De faire un voyage dans le temps...

— Un voyage dans le temps ? Qu'est-ce que tu racontes ? Je me suis rappelé quelques souvenirs, c'est tout...

— Je ne te parle pas d'un *vrai* voyage, je sais bien que c'est impossible, mais il se passe quand même des choses étranges dans cette auto, Steve : je suis allé m'asseoir une dizaine de fois derrière le volant, comme tu le sais, et chaque fois je me suis replongé dans mon enfance.

— Peut-être que certaines odeurs ont déclenché quelque chose dans ta mémoire, tout simplement. Ça n'a rien d'extraordinaire...

— Ça va beaucoup plus loin que ça, Steve. Sais-tu combien de temps tu as passé dans l'auto ?

— ... Je ne sais pas trop... Dix minutes, je dirais.

— Tu es resté là plus d'une heure.

— Je ne te crois pas !

— Regarde ma montre : il est sept heures et demie, Steve.

— Tu as raison... C'est bizarre : j'ai complètement perdu la notion du temps.

— Il y a quelque chose d'étrange dans cette automobile, Steve. Je l'ai senti dès le début...

— As-tu demandé aux filles de faire cette expérience ?

— Pas encore, non.

— Dans ce cas, il ne faut rien leur dire. Je suis curieux de voir si elles auront les mêmes réactions que nous... Nous essaierons aussitôt que l'occasion se présentera, d'accord ?

— Parfait.

— En attendant, j'irais bien faire un tour sur le quai, moi. Ça m'intrigue, cette histoire de reflets...

— Bonne idée. Vas-y, j'irai te rejoindre dans deux minutes avec les jumelles...

Quelques minutes plus tard, nous scrutons l'autre rive, mais nous n'y voyons rien d'autre que des arbres, des arbres et encore des arbres. Il n'y a jamais eu de chalet de ce côté-là du lac, il n'y a d'ailleurs même pas de route pour s'y rendre. Il faut se faire à l'idée : nous avons aperçu un mirage, c'est tout. Un reflet dans une nappe de brouillard, ou quelque chose de ce genre-là.

Mais un reflet de quoi ?

Lundi, huit heures trente

Maude et Roxanne nous assurent qu'elles ont bien dormi, mais elles ont les traits tirés, comme si elles avaient fêté toute la nuit. Je suis pourtant bien placé pour savoir que nous n'avons rien bu de plus excitant que du café, et rien fumé d'autre que les émanations d'un feu de camp.

Quand je dis à Rox que j'ai plutôt mal dormi, elle me regarde avec un air bizarre :

— Ça ne paraît pas. Tu as l'air frais comme une rose... Qu'est-ce que vous faisiez dehors, vous deux ?

Essayons de rester le plus proche possible de la vérité : c'est la meilleure façon de ne pas mettre les pieds dans les plats.

— Mathieu voulait me montrer quelque chose dans la Studebaker...

— Ma grand-mère avait raison, dit Maude en haussant les épaules, les hommes sont toujours des enfants, quel que soit leur âge. La seule différence, c'est que leurs jouets coûtent de plus en plus cher...

Ni Mathieu ni moi ne répliquons à sa remarque. Nous nous contentons de manger en silence, mais je ne peux pas m'empêcher de penser que la grand-mère de Maude était peut-être plus perspicace qu'elle ne le croyait : en montant dans la Studebaker, ne sommes-nous pas tous les deux retombés en enfance ? Comme si l'automobile était un piège, dont nous sommes heureusement sortis indemnes, du moins cette fois-ci...

Je n'aime pas cette idée. En fait, je n'aime rien de ce qui nous arrive depuis que nous avons aperçu ce mirage, hier soir. Je me sens pollué, sali par des idées noires. Essayons de penser à autre chose.

— Je propose que Mathieu et moi nous attaquions à la peinture du garage, ce matin. Pendant ce temps-là, vous pourriez commencer à ranger les livres dans des boîtes, et on pourrait se rejoindre à midi pour le lunch. Qu'est-ce que vous en pensez ?

— Je suis d'accord, répond Roxanne, mais pourquoi ne pas aller voir ce qui se passe de l'autre côté du lac avant de commencer à travailler ? Ça me chicote, moi, cette histoire de chalet fantôme. J'en ai rêvé toute la nuit.

— Il n'y a rien à voir, dit Mathieu. Steve et moi avons scruté la rive avec les jumelles, et nous n'avons rien vu d'autre que des arbres.

— J'aimerais quand même y aller, insiste Rox. Sinon, j'ai peur de recommencer le même cauchemar chaque nuit. Je veux m'enlever cette image-là de la tête, vous comprenez ?

— Si ça te tracasse à ce point-là, on pourrait y aller après le dîner, suggère Mathieu. Ça nous ferait une pause au milieu de la journée. Qu'en pensez-vous ?

Nous nous consultons tous les quatre du regard, silencieusement, et nous hochons la tête en même temps pour signifier notre accord. Parfait.

Lundi, neuf heures

Il n'y a pas grand-chose de plus pénible que de gratter de la vieille peinture avec une brosse métallique. Nous travaillons fort, mais les résultats sont décevants : sous la vieille peinture se cachent des planches grises, ternies par les années, si bien qu'on a l'impression d'enlaidir le garage plutôt que de l'embellir.

Mais il faut passer par là, sinon tout serait à recommencer dans un an.

Il serait évidemment plus facile de bâcler le travail en appliquant directement la nouvelle peinture sur la vieille. Le père de Mathieu ne le remarquerait même pas, et ça ne changerait rien au prix de vente de la maison. L'idée nous a traversé l'esprit au début de notre séjour, mais plus le temps passe, plus elle nous apparaît saugrenue : en travaillant sur cette maison, nous avons l'impression qu'elle nous appartient, d'une certaine manière. Bâcler le travail, ce serait comme nous escroquer nous-mêmes.

Je gratte donc la peinture du garage jusqu'à dix heures et demie, heure à laquelle je fais une pause. J'en profite pour confier à Mathieu une idée qui me trotte dans la tête depuis le matin :

— J'ai envie de tenter une expérience, Mathieu. Je retourne dans la Studebaker pendant dix minutes, pas plus. Au bout de ce délai, tu frappes dans la vitre pour me sortir de là, d'accord ?

— Je savais que tu me proposerais ça, Steve. J'y retourne toujours, moi aussi. C'est plus fort que moi... Tu peux y aller : j'irai t'avertir dans dix minutes. Pas une seconde de plus, c'est promis. Bonne chance !

Pourquoi Mathieu a-t-il l'air à ce point content que je lui fasse cette proposition ? Et pourquoi me souhaite-t-il bonne chance ? Je ne pars tout de même pas en expédition dans l'Himalaya, je vais juste m'asseoir dans une auto...

Je fais basculer la porte du garage, j'ouvre la lourde portière de la Studebaker, je m'installe derrière le volant, je referme la portière... et je me mets à pleurer. J'ai beau tenter de me raisonner, je n'arrive pas à refermer les vannes : je pleure comme un torrent au printemps, je pleure à en avoir mal au ventre, j'ai le corps agité de spasmes douloureux, je pleure tellement que j'ai l'impression de me noyer dans un océan déchaîné, j'essaie de m'accrocher à une bouée, mais il n'y a rien d'autre autour de moi que des vagues immenses, j'ai l'impression qu'il n'y a plus de rive, plus de terre ferme, l'océan a tout recouvert, je ne sais pas nager et je n'ai personne pour me secourir, j'essaie de crier, mais j'en suis incapable, c'est dix fois pire qu'un cauchemar, mille fois pire, je n'en sortirai pas vivant, je vais finir noyé, *noyé dans une automobile*, c'est absurde, il faut que je sorte d'ici, il faut que je réussisse à ouvrir cette portière...

— C'est fini, Steve, rassure-toi...

Qu'est-ce qui s'est passé? Qu'est-ce que je fais là? Je suis assis dans une vieille automobile dont la portière est ouverte, c'est tout. Il n'y a jamais eu d'océan là-dedans, c'est ridicule…

Mathieu est là, devant moi. Il a dû ouvrir la portière sans que je m'en aperçoive et il m'aide maintenant à sortir de l'auto. *Pas besoin de me tendre le bras, Mathieu, je ne suis pas un infirme, je suis juste… juste un peu sonné…*

— Que... qu'est-ce qui s'est passé ?

— Ça m'est arrivé à moi aussi, rassure-toi. J'aurais peut-être dû te prévenir, mais je ne pouvais pas savoir que tu aurais les mêmes réactions... Tu as pleuré, c'est ça ?

— Exactement, oui. Je ne sais pas ce qui m'a pris, j'ai pleuré comme un enfant, sans raison...

— Je vais te dire comment je vois ça, d'accord ? Je sais bien que ça peut paraître absurde, mais plus j'y réfléchis, plus je me dis qu'il n'y a qu'une seule explication. Souviens-toi de la sensation que tu as éprouvée ce matin, quand tu es monté dans l'auto : tu t'es senti rajeunir, tu étais comme un enfant...

— J'avais l'odorat d'un enfant de cinq ans, oui...

— Pas seulement l'odorat, Steve : tu percevais le temps comme un enfant. Comme si les secondes étaient élastiques, comme si elles n'avaient plus de limites, comme si elles s'étiraient à l'infini. Quand on a cinq ans, on vit totalement dans le présent et on a l'impression que demain n'arrivera jamais. Si on passe par des moments agréables, c'est génial. Mais si on a mal, si on pleure, c'est le cauchemar.

— ... Et tu penses que cette automobile aurait la propriété de... de nous faire retomber en enfance ?

— Je dirais plutôt qu'elle nous aide à faire remonter à la surface des impressions qui étaient enfouies depuis longtemps dans notre inconscient, ou quelque chose dans ce genre-là.

— ... C'est une explication plausible, en effet... Merci de m'avoir tiré de là, en tout cas.

— Il n'y a pas de quoi, Steve. Les prochaines expériences devraient être plus... plus tièdes, disons.

— Imagines-tu vraiment que j'ai envie de retourner là-dedans ? Quand j'aurai besoin d'une thérapie, j'irai voir un vrai psychiatre, avec un diplôme sur le mur.

— C'est ce que je me suis dit, moi aussi, après mon premier cauchemar, mais j'ai fini par y retourner. C'est tellement fascinant...

— Combien de fois y es-tu allé, au juste ?

— Je n'ai pas manqué une seule journée depuis que nous sommes ici. Et j'en suis sorti chaque fois plus léger, même si les images étaient parfois difficiles à supporter.

— ... Tu n'as jamais eu peur de te perdre, de rester à jamais enfermé dans le passé, ou quelque chose dans ce genre-là ?

— C'est difficile à expliquer, mais j'ai toujours eu le sentiment que je n'étais pas dans le même niveau de réalité, que je pourrais toujours ouvrir la porte et revenir dans le présent... C'est comme regarder un film d'horreur en sachant qu'on peut toujours appuyer sur *off*, tu comprends ?

Si seulement c'était comme ça dans la vie : appuyer sur *off* quand on en a envie, ou sur *pause*, ou sur *rewind*...

Lundi, onze heures

Comment peut-on se remettre à gratter de la peinture après une expérience comme celle-là ? C'est très facile : il suffit de saisir la brosse métallique et de s'y mettre. Croyez-le ou non, je suis ravi de gratter la peinture en ce moment, et je serais tout aussi heureux de tondre la pelouse ou de fendre des bûches. Il n'y a rien de tel que le travail manuel pour penser *comme du monde.*

Quand j'essaie d'analyser froidement une situation, ça tourne souvent en rond et ça ne mène à rien. Mais j'ai remarqué que mon cerveau ne fonctionne pas de la même manière quand je travaille avec mes mains : je pars aussitôt en voyage vers la Lune, et des phrases apparaissent dans mon cerveau, évidentes, éclatantes. Je ne sais pas comment elles sont arrivées là, mais j'ai l'étrange certitude qu'elles disent la vérité et que je peux m'y fier.

Deux de ces phrases me trottent dans la tête pendant que je gratte la peinture, ce matin-là. La première, c'est que *je retournerai dans cette auto, quoi qu'il m'en coûte*. Je n'ai pas envie de m'y précipiter tout de suite, je prendrai mon temps, mais je sais que, tout comme Mathieu, je retournerai m'asseoir derrière le volant de la Studebaker. Si je ratais ce rendez-vous, je passerais le reste de ma vie à le regretter.

La deuxième phrase est plus bizarre : quelqu'un, quelque chose en moi me répète que *je ne dois pas avoir peur, quoi qu'il arrive*.

Mais d'où vient cette voix, au juste ? Quelqu'un aurait-il installé des haut-parleurs dans ma tête pendant que j'étais au volant de la Studebaker ?

Lundi midi

Les filles ont encore les traits tirés à l'heure du lunch, et c'est à peine si elles touchent à leur sandwich.

— Je préférerais gratter de la peinture plutôt que continuer à remplir des boîtes de livres toute la journée, dit Roxanne. C'est plein de poussière, et on finit par avoir mal au dos, à la longue. Vous, au moins, vous êtes dehors...

— Le seul problème, répond Mathieu, c'est qu'il n'y a que deux brosses métalliques... Mais si vous voulez qu'on fasse un échange, il n'y a aucun problème.

— Si j'avais le choix, je préférerais rester à l'intérieur, dit aussitôt Maude. J'ai tellement gratté de peinture la semaine dernière que j'en trouve encore dans mes cheveux.

— Je pourrais rester dans la maison avec toi pendant que Steve et Rox s'occupent du garage, propose Mathieu. Ça vous va, tout le monde ? Rien ne nous empêche de reformer les équipes chaque demi-journée, tant qu'à faire...

Ce nouvel arrangement ne me déplaît pas du tout, bien au contraire. J'ai même l'intention de proposer à Roxanne d'aller s'asseoir dans la Studebaker, mine de rien. Réagira-t-elle comme nous ?

En attendant, nous avons fini de manger, et il est temps d'aller voir ce qui se cache de l'autre côté du lac. Maude et Mathieu mettent le canot à l'eau, tandis que Rox et moi montons dans la chaloupe. J'insiste pour ramer, cette fois : Roxanne a bien le droit de se reposer un peu.

Nous traversons le lac d'une traite, sans perdre de temps, et il ne nous faut pas plus de quinze minutes pour arriver au rocher. La lumière que nous avons aperçue hier soir semblait provenir de cette section de la rive, mais il est difficile de savoir si c'était vers la gauche ou vers la droite. Maude et Mathieu proposent d'aller vers la droite, pendant que Rox et moi nous dirigerons vers la gauche.

Je rame tout doucement, en essayant de rester le plus près possible de la rive, ce qui permet à Roxanne d'examiner attentivement les environs. Ce qu'elle voit se résume à bien peu de choses : des arbres, des arbres et encore des arbres. S'il y a de grands pins de notre côté du lac, ici la végétation semble constituée essentiellement d'épinettes qui poussent si près les unes des autres que seules les cimes sont vertes. C'est une forêt drue, sauvage, noire, impénétrable, sans la moindre éclaircie. Tandis que Roxanne scrute la forêt, je me concentre sur les roches qui affleurent et sur les arbres à moitié immergés qui pourraient abîmer la chaloupe ; j'en profite aussi pour examiner attentivement le fond du lac, à la recherche d'un reste de quai, de quelques planches ayant déjà fait partie d'une embarcation, ou de quoi que ce soit qui puisse indiquer qu'il y a déjà eu une habitation dans les environs. Je ne vois rien d'autre que des roches, des algues et des troncs d'arbres : il n'y a pas l'ombre d'un chalet par ici, ni même d'un fantôme de chalet.

Nous retournons vers le rocher, où Maude et Mathieu viennent bientôt nous rejoindre.

— Et alors ? demande Rox.

— Nous n'avons rien vu, répond Maude. Et vous ?

— Rien du tout.

— Il faut se rendre à l'évidence, reprend Maude. La seule explication possible, c'est que nous avons aperçu un reflet de notre maison. Il n'y a jamais eu de chalet de ce côté du lac.

— Peut-être qu'il y avait une nappe de brouillard très compacte, ou quelque chose dans ce genre-là...

— Regardez notre chalet, dit Mathieu : vu d'ici, il est éblouissant. Ce n'est pas étonnant que son reflet ait semblé si lumineux.

Mathieu a raison : la maison semble encore une fois nimbée d'une étrange lumière, comme si elle était éclairée par l'intérieur. Même en plein soleil, elle semble trop lumineuse.

— Je pense que je connais le responsable de cette étrange luminescence, dit Mathieu en prenant un air mystérieux.

Il laisse s'étirer le silence un bon moment pour être bien certain d'avoir capté notre attention, puis il poursuit :

— Le coupable s'appelle *Canadian Tire*. C'est là que mon père a acheté la peinture. Comme je le connais, il a dû acheter la moins chère, pour sauver de l'argent. Peut-être que c'est la peinture qu'on utilise à Terre-Neuve pour peindre les phares, sait-on jamais ? Pas de danger que les bateaux s'échouent, en tout cas.

La réplique de Mathieu n'est pas vraiment drôle, mais elle est tellement inattendue que Maude éclate de rire, et tout le monde en fait bientôt autant.

Il faut que nous soyons vraiment stressés pour qu'une plaisanterie aussi nulle provoque une telle réaction, mais les rires sont parfois comme de longues mèches qui plongent très loin à l'intérieur de nous et s'imbibent de nos vieilles peurs.

Pause syndicale

— Gratter cette peinture est moins dur que je ne le craignais, dit Roxanne en déposant sa brosse métallique. Elle s'enlève plus facilement que celle du chalet, en tout cas.

— D'après Mathieu, c'est parce que le garage est toujours à l'ombre, sous les pins, alors que la maison est exposée au soleil, qui fait cuire la peinture. Elle devient plus difficile à enlever.

— C'est possible... Quoi qu'il en soit, on a quand même droit à notre pause syndicale. Je vais me rafraîchir à la pompe. Tu viens avec moi ?

— Bien sûr.

Quand nous avons fait notre premier marché, au début de notre séjour, nous avons acheté des bidons d'eau de source, par habitude. Nous en avons bu pendant quelques jours, jusqu'à ce que nous nous apercevions de l'absurdité de la situation : nous achetions de l'eau embouteillée aux États-Unis, et qui provenait sans doute d'un aqueduc municipal, alors qu'il suffisait d'ouvrir le robinet pour obtenir une eau limpide, propre et absolument gratuite.

M. Svonok avait aussi installé une pompe manuelle sous un petit abri recouvert de bardeaux, comme les puits d'autrefois. J'imagine que c'est là qu'il allait se rafraîchir après avoir fendu son bois, ou lorsqu'il revenait d'une longue promenade en forêt.

Cette eau provient de la même source souterraine que celle qui approvisionne la maison et elle a donc été filtrée par les mêmes roches et les mêmes aiguilles de pin. Pourtant, elle nous semble dix fois meilleure.

J'actionne la pompe tandis que Roxanne nettoie ses bras des particules de peinture qui y sont collées, puis nous inversons les rôles. Je me remplis ensuite les mains d'eau froide que je me lance sur le visage, et je recommence, encore et encore. C'est tellement bon que je mets bientôt ma tête directement sous l'eau. Je me sens aussitôt ragaillardi jusqu'à la pointe des pieds. Rox en fait autant, et je regrette de ne pas avoir d'appareil photo pour conserver longtemps cette image de gouttes d'eau sur sa peau rougie, et ce sourire éclatant... Une idée me traverse alors l'esprit.

— Sais-tu ce qu'on fait, Mathieu et moi, pour se rafraîchir les idées ?

— C'est difficile d'imaginer plus rafraîchissant que ça, répond Rox. Vous allez vous saucer dans le lac ?

— Pas du tout. On va s'asseoir deux minutes dans la Studebaker.

— Tu as bien fait de me donner la réponse : je ne l'aurais jamais trouvée toute seule. S'asseoir dans une auto pour se rafraîchir, franchement !

— Attends, laisse-moi t'expliquer : l'auto n'est pas exposée au soleil, elle est dans un garage, et le garage est lui-même à l'ombre des pins... Tu devrais essayer : la fraîcheur est étonnante...

Je m'attendais à ce qu'elle résiste davantage, mais, après m'avoir lancé un regard intrigué, elle décide d'aller faire un tour dans la Studebaker.

Elle ouvre la portière, et j'observe ses réactions tandis qu'elle s'installe à la place du conducteur. Elle saisit le gros volant dans ses mains et le fait tourner dans un sens puis dans l'autre, regarde le tableau de bord, jette un coup d'œil sur la banquette arrière et sort ensuite de la voiture sans paraître avoir été marquée par son expérience.

— Et alors ?

— Il fait frais, c'est vrai. Mais, si tu veux mon avis, c'est loin de valoir une douche sous la pompe à eau.

— Combien de temps es-tu restée dans cette auto, selon toi ?

— ... Deux minutes ?

— Tu as raison. Tu es restée là exactement deux minutes... Est-ce que je peux te demander comment tu te sentais, pendant ces deux minutes ?

— Je ne sentais rien de particulier. Mais où est-ce que tu veux en venir, au juste ?

— Tu ne t'es pas souvenue de voyages en auto que tu faisais avec tes parents, quand tu étais petite ?

— Quand j'étais petite, je m'ennuyais toujours en auto. Et j'avais souvent mal au cœur... Je n'ai pas eu de souvenir du genre, non... Pourquoi as-tu l'air si déçu par mes réponses, Steve ?

C'est vrai que je suis déçu, inutile de prétendre le contraire. J'aurais tellement aimé que Rox éprouve les mêmes sensations que Mathieu et moi. Nous aurions pu partager notre expérience, et ça m'aurait rassuré. Puisqu'il ne sert à rien de poursuivre l'interrogatoire, j'explique à Rox ce que nous avons ressenti dans cette auto, Mathieu et moi : perte de la notion du temps, émotions venues de l'enfance...

À ma grande surprise, Rox ne semble pas étonnée par mon récit. Elle m'écoute au contraire avec attention, les yeux grands ouverts, en hochant souvent la tête pour m'encourager à poursuivre. Je la vois même pâlir quand je lui raconte que j'ai pleuré à chaudes larmes la deuxième fois que je suis monté dans cette automobile.

— C'est exactement ce qui m'est arrivé quand j'ai lu ce livre, dit-elle après avoir dégluti.

— Qu'est-ce que tu veux dire ? Quel livre ?

— Tout ce que tu m'as décrit, je l'ai vécu ce matin même, sauf que c'est en rangeant des livres dans les boîtes que...

— Raconte-moi ça !

— C'était tellement étrange que je ne voulais pas t'en parler, mais... Tu sais que nous feuilletons rapidement tous les livres avant de les placer dans les boîtes, comme nous l'a recommandé le père de Mathieu, au cas où nous trouverions des messages ou des lettres...

— Quelque chose me dit que c'est plutôt l'argent qui l'intéresse, mais continue...

— Peu importe. Il n'y a rien de vraiment palpitant dans ces livres-là, tu peux me croire sur parole. D'après ce que je comprends, il s'agit surtout de thèses scientifiques écrites en russe et bourrées de symboles mathématiques. Nous avons aussi trouvé quelques romans, du théâtre et de la poésie, mais très peu. Nous avons même déniché, dans la bibliothèque du salon, des livres pour enfants. De très vieux albums illustrés, aux couleurs délavées, des abécédaires, des images d'animaux... Un de ces livres-là m'attirait particulièrement, je ne sais pas pourquoi. C'était comme s'il *m'appelait*... Je suis allée m'installer dans notre chambre, je me suis étendue sur le ventre pour le lire, comme je le faisais quand j'étais petite, je l'ai ouvert à la première page, j'ai regardé la toute première image – l'illustration représentait un cirque, avec des éléphants et des dompteurs de lions – et j'ai eu une impression de *déjà-vu*, comme si c'était un livre que j'avais lu quand j'étais petite et que je n'avais pas revu depuis. Je ne connaissais pourtant pas ce livre-là, j'en suis sûre : le texte était en russe...

— On pourrait en dire autant de Mathieu et de moi : nous n'avions jamais vu de Studebaker avant celle-là. Ça n'a pas empêché les souvenirs de débouler...

— ... Pour le reste, ce que j'ai ressenti est très proche de ce que tu m'as décrit. Des bouffées d'émotions, la perte de la notion du temps...

— On dirait que ces impressions sont attachées à un souvenir d'enfance qui nous a particulièrement marqués : les automobiles pour Mathieu et moi, les livres pour toi...

— ... C'est Maude qui est venue me *réveiller* – je ne trouve pas de meilleur mot – après une demi-heure. Elle s'inquiétait de ne rien entendre, alors elle est entrée dans la chambre et elle m'a trouvée couchée sur le lit, le livre ouvert devant moi à la première page. Maude m'appelait, mais je n'entendais rien. Il a fallu qu'elle me secoue pour m'arracher à mon livre... C'était très bizarre, mais pas désagréable du tout. C'était même tellement fascinant que je me suis promis de recommencer aussitôt que j'en aurais l'occasion, même si ça me fait un peu peur.

— De quoi as-tu peur, au juste ?

— Si je le savais, j'aurais sans doute moins peur... Ce n'est évidemment pas le livre qui me fait peur, mais... Mais je me demande ce qui se serait passé si Maude n'était pas venue me *réveiller*.

— Je comprends ce que tu veux dire : si Mathieu n'était pas venu me sortir de l'auto, je ne sais pas combien de temps j'aurais pu y rester. As-tu parlé de tes réactions à Maude ?

— Bien sûr. Je lui ai même demandé de lire mon livre, mais elle n'a rien ressenti de spécial en le lisant. Pour le moment, nous ne sommes donc que trois à avoir vécu ce genre de voyage dans le temps…

— J'ai l'impression que nous avons bifurqué sans nous en apercevoir sur une autre route que celle que nous empruntons habituellement.

— Ce qui est certain, c'est que nous sommes tous dans le même bateau. Nous devons partager nos expériences à mesure que nous les vivons, Steve. Quoi qu'il nous arrive, il faut en parler aux autres le plus vite possible. Pas de cachotteries, pas de secrets. C'est promis ?

— Promis. Et je commence tout de suite en te révélant quelque chose que je t'ai caché, tout à l'heure, quand nous étions à la pompe.

— Quoi donc ?

— Je t'ai trouvée très belle quand tu avais le visage mouillé. Vraiment très belle. Je te regardais et je me disais *Wow, quelle belle fille*…

Rox me sourit, je lui souris à mon tour, et je me sens apaisé. Voilà au moins quelque chose qui n'a pas changé.

Lundi soir

Chacun prend sa place habituelle autour du feu de camp. Mathieu a repéré dès le premier soir une bûche juste assez haute pour lui permettre de jouer de la guitare confortablement, et il s'y installe comme un roi sur son trône. Maude préfère s'asseoir sur une roche arrondie, un peu à l'écart. Quand les nuits sont fraîches, comme ce soir, elle jette sur ses épaules une veste à carreaux rouge et noire qui a déjà appartenu à M. Svonok et qu'elle enlève aussitôt que le feu commence à irradier. Rox et moi préférons nous asseoir sur une vieille couverture de laine posée sur le sol, et nous utilisons une autre couverture pour nous couvrir les épaules. Il fait parfois un peu trop chaud dans notre cocon, mais je ne m'en plains pas.

C'est Mathieu qui a préparé le feu de camp tandis que je lavais la vaisselle avec les filles, et il a réalisé une véritable œuvre d'art : les bûches forment une pyramide presque parfaite, et une seule allumette suffit à l'allumer. C'est un très joli feu qui crépite juste comme il faut, mais personne n'en profite vraiment : nous passons presque tout notre temps à regarder de l'autre côté du lac, nous attendant à revoir la lueur fantôme. Cette fois, j'ai pensé à apporter les jumelles, que je garde à portée de la main.

À vingt-deux heures, la nuit est tombée, mais nous n'avons pas encore aperçu la moindre lueur suspecte. Mathieu sort alors sa guitare de son étui, et il commence à gratter quelques accords de blues.

— J'ai une surprise pour vous, dit Maude.

Nous nous tournons vers elle au moment où elle tire un harmonica de sa poche.

— Je l'ai trouvé dans une des bibliothèques, derrière une pile de livres scientifiques, explique-t-elle. J'en ai déjà joué un peu, quand j'étais chez les guides... Me donnez-vous la permission d'essayer ?

Elle commence par faire naître des notes plutôt maladroites, mais, après quelques essais et erreurs, elle réussit à retrouver une vieille mélodie tellement mélancolique qu'elle fendrait le cœur d'une roche.

— Ça s'appelle *La Varsovienne*, nous dit-elle. C'est une vieille chanson polonaise. Peut-être que M. Svonok la connaissait...

— Peux-tu la recommencer ? demande Mathieu. Je vais essayer de trouver les accords...

Il ne leur faut pas plus d'une minute pour s'accorder, et les voilà qui jouent en parfaite harmonie cette mélodie poignante. Je suis jaloux : comment se fait-il qu'ils y arrivent si facilement, alors que je suis incapable de jouer *Frère Jacques* sur un xylophone Fisher-Price ?

Je m'abandonne à leur musique et je m'aperçois bientôt que Maude s'éloigne sensiblement de la mélodie pour improviser quelques longs arpèges très lents et infiniment tristes. Mathieu cesse de jouer pour écouter ces notes étranges et troublantes, qui semblent venir de très loin.

Quelques larmes commencent à couler sur les joues de Maude. De grosses larmes qui tombent sur ses mains, puis sur le sol. Absorbée par sa musique, elle ne semble pas s'apercevoir qu'elle joue maintenant à travers une véritable cascade de larmes. Elle finit par une longue note déchirante, une plainte qu'elle étire jusqu'au bout de son souffle, puis elle éloigne l'harmonica de sa bouche et s'essuie les yeux du revers de la main.

Le silence qui suit est tellement beau que personne n'a envie de le briser.

— Je ne sais pas ce qui s'est passé, finit par dire Maude. Je... J'avais l'impression que le temps n'existait plus...

— C'était magnifique, lui dit Mathieu. Merci, Maude. Et bienvenue dans le club...

— ... Quel club ?

Mathieu lui raconte ce qu'il a ressenti dans la Studebaker, Roxanne enchaîne avec sa réaction au livre d'images, je lui confie à mon tour les sentiments que j'ai éprouvés dans l'automobile, puis nous essayons d'échafauder des hypothèses pour comprendre ce qui s'est passé, même si nous pressentons tous que la logique ne nous sera pas d'un grand secours.

— C'est toujours un objet sorti de notre passé qui déclenche le phénomène. Les autos pour Mathieu et moi, un livre d'images pour Roxanne, un harmonica pour Maude...

— Steve a raison, dit Mathieu. J'ai beaucoup joué avec des autos miniatures quand j'étais petit, comme la plupart des garçons...

— Moi, je me suis toujours réfugiée dans les livres, indique Roxanne.

— Et moi, dans la musique ! complète Maude. Tu as raison, Steve : nous avons tous les quatre trouvé un objet fétiche, et c'est à son contact que nous avons senti le temps déraper.

Mais comment expliquer que nous ayons tous ressenti les mêmes émotions ? Pourquoi ces larmes ?

— Peut-être que les émotions sont contagieuses, avance Roxanne. Nous avons passé deux semaines ensemble, presque vingt-quatre heures sur vingt-quatre…

La piste ouverte par Roxanne me semble prometteuse, et je continue à réfléchir à voix haute :

— Nous avons bu la même eau, habité la même maison, nagé dans le même lac, regardé les mêmes feux de camp…

— Ça explique peut-être la coïncidence des émotions, dit Maude, mais certainement pas ce chalet qui apparaît là où il n'y en a pas…

— Nous ne l'avons vu qu'une fois, réplique aussitôt Mathieu. Jusqu'à preuve du contraire, je persiste à croire que c'était un simple reflet, ou une sorte de mirage…

— Et *ça*, c'est encore un mirage ?

Nous suivons le regard de Maude, et nous voyons de nouveau ce chalet illuminé, de l'autre côté du lac. L'apparition ne dure cependant que quelques instants : les lumières semblent gagner en intensité, comme pour attirer notre attention, puis elles s'éteignent rapidement.

J'ai à peine le temps de saisir les jumelles qu'il ne reste plus rien de cette étrange lumière. Je scrute quand même l'horizon, même si je ne vois rien d'autre que la nuit.

— Regardez notre maison, dit Roxanne. On dirait qu'elle pâlit...

Elle a raison : plutôt qu'une lumière bleutée et froide, notre maison semble maintenant diffuser une lueur crémeuse...

— On dirait la couleur de la Lune, murmure Roxanne. C'est beau...

C'est vrai que c'est beau. Beau et apaisant. Nous nous taisons un bon moment pour admirer cette image, puis nous reprenons la conversation sur un rythme très lent, comme nous le faisons parfois quand nous roulons en automobile : quelqu'un dit une phrase, puis il se perd dans ses pensées, et l'autre répond dix minutes plus tard, comme s'il n'y avait pas eu de silence entre-temps.

— ... Qu'est-ce que tout ça veut dire ? demande Maude.

— ... Pourquoi est-ce que ça voudrait dire quelque chose ? répond Mathieu après un long silence.

— Il *faut* que ça ait un sens, réplique Maude. C'est trop bizarre...

Je ne vois pour ma part qu'une explication possible, mais elle est tellement saugrenue qu'elle n'explique rien. J'y réfléchis encore un peu, puis je décide de me jeter à l'eau : nous n'avancerons à rien si nous ne mettons pas toutes les cartes sur la table.

— Et si c'était... si c'était *l'esprit* de M. Svonok qui provoquait ces apparitions ? N'oublions pas qu'il a habité cette maison pendant des années, nous sommes chez lui, et...

— Bon, ça y est, le mot est lancé ! coupe Mathieu, qui semble choqué par mon hypothèse. Tu ne vas pas me dire que tu crois aux fantômes, Steve !

— Peut-être pas un *fantôme*, non, mais *quelque chose* de M. Svonok qui serait resté ici, qui essaierait de communiquer avec nous...

— Ce que tu décris là, Steve, c'est un fantôme. Un esprit. Un spectre. Un revenant. Et je refuse d'y croire. Il faut qu'il y ait une explication logique, je n'en démords pas. Nous avons vu un reflet, c'est tout. Il n'y a pas de chalet de l'autre côté du lac, c'est impossible, et vous le savez aussi bien que moi. S'il fallait invoquer les fantômes chaque fois qu'on ne comprend pas quelque chose, on n'en finirait pas.

— Ce n'est pas un fantôme comme les autres, en tout cas, poursuit Maude.

— ... Pourquoi dis-tu ça ?

— Penses-y un peu, Mathieu : s'il avait voulu nous faire peur, il s'y serait pris autrement, non ? Il aurait pu nous faire entendre des gémissements horribles, des cris qui déchirent la nuit, des grincements inquiétants ; il aurait pu placer des cadavres en décomposition dans l'auto, ou des squelettes dans les placards ; des monstres dégueulasses auraient pu nous chatouiller les pieds pendant que nous nagions... Au lieu de ça, il nous offre des jouets qui ont un sens pour nous, et il allume même une lumière dans la nuit. Je ne sais pas encore à quoi il veut en venir, mais je trouve ça plutôt rassurant. Étrange, mais rassurant.

— ...

Mathieu ouvre la bouche pour répliquer, mais aucun son n'en sort. Il se contente de regarder Maude, puis il se tourne vers le lac, qui a maintenant complètement disparu dans la nuit. Pour la première fois depuis notre arrivée, le ciel est noir, sans étoiles, et nous ne voyons plus rien d'autre que le feu de camp et cette étrange lueur lunaire qui provient de notre chalet.

— Je ne suis toujours pas convaincu qu'il s'agit d'un fantôme, finit par dire Mathieu, mais c'est une belle idée que tu as eue là, Maude.

Nous n'ajoutons rien, mais tout le monde comprend l'importance de cette réplique : Mathieu, le plus sceptique de nous tous, accepte maintenant la possibilité que l'*esprit* de M. Svonok – ou quelque chose de ce genre – soit encore parmi nous.

Mardi

Mardi matin

Des gouttes de pluie tambourinent sur le toit, et leur musique est tellement soporifique que je n'ai pas envie d'ouvrir les yeux. Je préfère retourner où j'étais, dans le monde des rêves. Il y avait d'ailleurs de la musique dans mon rêve, un harmonica, une guitare... Est-ce un rêve, un souvenir ou un mélange des deux ? La pluie continue à tomber, mes paupières restent toujours hermétiquement scellées, et je remonte du gouffre où j'étais tombé. Lentement, la réalité se rappelle à moi : je suis dans un chalet, où j'ai été engagé pour travailler. Il faut que je me lève, mais je n'en ai aucune envie. Des odeurs de pain rôti et de café proviennent de la cuisine : Mathieu et Maude sont déjà debout, je les entends parler à voix basse... Il faudrait que j'aille les rejoindre, mais je me sens encore si lourd que je voudrais dormir pendant des siècles. Dormir, oui : ça donnerait peut-être le temps à mon cerveau d'assimiler tout ce que j'ai vécu depuis quelques jours. La Studebaker, Maude qui pleure en jouant de l'harmonica, Roxanne qui en fait autant en regardant un livre pour enfants, et ce chalet fantôme qui n'apparaît que la nuit...

Cette fois, je suis bien réveillé.

J'ouvre un œil : je suis seul dans la chambre. Roxanne est donc levée, elle aussi. Il me faut vraiment rejoindre mes amis, sinon je passerai pour un tire-au-flanc. Je m'extirpe de mon lit et je m'habille, encore à moitié endormi. J'ai du mal à enfiler les boutons dans les bonnes boutonnières, je me sens tout raide, et, pour finir, je me cogne un orteil contre une commode. Peut-on imaginer pire façon de commencer une journée ?

Je me dirige vers la cuisine, où je trouve mes amis en train de manger. Je n'ai donc pas dormi aussi longtemps que je le croyais. Ça me rassure.

— Sais-tu quelle heure il est ? me demande Mathieu aussitôt que je m'assois à ma place.

— Aucune idée. Je n'ai pas de montre.

— Il est midi. Tu as fait le tour du cadran, Steve.

Midi ? Ça n'a aucun sens ! Dix mille questions se bousculent dans ma tête, et Roxanne répond heureusement à la plupart d'entre elles avant que j'aie eu le temps de les formuler.

— Tout le monde a dormi aussi longtemps que toi, ne t'en fais pas. Mathieu n'a pas entendu son réveil – ou peut-être qu'il l'a éteint sans s'en apercevoir –, et nous avons tous dormi comme des bûches. Il faut croire que nous avions besoin de sommeil. Et avec cette pluie qui tombe sur le toit… Je ne connais pas de meilleure musique pour dormir.

— On a décidé de se faire un brunch, poursuit Maude. Tu veux des œufs ? Si tu t'étais levé un peu plus tôt, tu aurais eu droit aux crêpes de Mathieu. Tu as manqué quelque chose !

— S'il continue à pleuvoir comme ça, personne n'ira travailler dehors aujourd'hui, poursuit Mathieu. Peut-être qu'on pourrait remplir des boîtes et en profiter du même coup pour compiler le maximum d'informations sur M. Svonok ? Un des trucs qui m'intriguent, moi, ce sont tous ces diplômes, sur les murs. Je n'en ai jamais vu autant. Comme la plupart sont écrits en alphabet cyrillique, impossible de savoir quels étaient les champs de compétence de M. Svonok. Même avec un dictionnaire russe-français, on n'y comprendrait rien : on ne sait même pas dans quel ordre les lettres sont classées, dans cet alphabet-là... Tu y connais quelque chose, toi ?

— Je t'en prie, Mathieu, laisse-moi prendre un café ou deux avant de me demander de décoder l'alphabet russe, d'accord ?

Je mange comme un ogre, je vide deux tasses de café et je retrouve peu à peu mes esprits. Cette pluie ne me déplaît pas du tout, bien au contraire : je sens le besoin d'être proche de mes amis et d'explorer avec eux cette maison dans laquelle je vis depuis maintenant presque trois semaines, mais qui recèle encore tant de mystères. J'ai l'impression d'y être chez moi, et pourtant je me sens comme un étranger, comme dans ce rêve bizarre que j'ai déjà fait des dizaines de fois : je me retrouve dans la maison où je suis né et où j'ai toujours habité, et je découvre une porte secrète que je n'avais jamais vue. Intrigué, j'ouvre cette porte, qui donne accès à une enfilade de pièces toutes plus extraordinaires les unes que les autres, remplies d'un fouillis d'objets merveilleux. J'émerge toujours de ce rêve avec des sentiments partagés : j'avais un trésor à portée de la main, et je ne le savais pas. Comment se fait-il que je ne l'aie pas trouvé plus tôt ?

— Une chose est sûre, dit Mathieu, ce n'est pas le fantôme de M. Svonok qui nous aidera à faire la vaisselle. Steve non plus, d'ailleurs : il a les yeux ouverts, mais je ne suis pas sûr qu'il soit réveillé... Tu rêves encore, Steve !

Comme je ne réagis pas, il me lance un linge à vaisselle au visage.

— Réveille, Steve !

Je finis par aider Mathieu tandis que les filles font le ménage dans les paperasses du bureau. J'essuie la vaisselle en vitesse, pressé d'aller les rejoindre : je suis curieux de voir ce que nous apprendrons sur le compte de notre fantôme si nous explorons attentivement chaque armoire, chaque tiroir, chaque recoin de cette maison. Peut-être y découvrirons-nous une pièce secrète, comme dans mon rêve ?

Mardi, dix-sept heures

Nous passons une bonne partie de la journée à remplir des boîtes de livres, en prenant chaque fois la peine de les feuilleter au cas où il s'y trouverait quelque chose d'intéressant, mais il semble que M. Svonok ne conservait dans ses livres que de la poussière, des fleurs séchées ou des trèfles à quatre feuilles. Ses classeurs débordaient de cahiers et de dossiers divers, mais la plupart ne contenaient que des calculs mathématiques et des photocopies d'articles scientifiques. Pas la moindre trace de lettres d'amour ni de formules cabalistiques, de carte au trésor ni de recette de philtre magique.

Quand nous avons mal au dos à force de remplir des boîtes de livres, nous entassons de vieux vêtements dans des sacs verts. Nous fouillons chacune des poches et nous tâtons même les doublures, mais, pour ma part, je n'ai rien découvert d'autre que des trombones, des tablettes de gomme à mâcher durcies et des cure-dents. Roxanne a eu plus de chance : elle a trouvé quatre-vingt-dix-sept cents en petite monnaie.

Nous n'avons peut-être pas fait de découverte spectaculaire, mais, en compilant des dizaines et des dizaines d'informations disparates, nous sommes maintenant en mesure de tracer un portrait assez complet de l'ancien propriétaire de cette maison. Tandis que Mathieu et Maude préparent le souper, Roxanne et moi tentons de mettre sur papier tout ce que nous savons au sujet de M. Svonok.

Sciences

M. Svonok a accumulé suffisamment de diplômes au cours de sa vie pour en tapisser tout un mur de son bureau. Ceux qui sont rédigés en russe ne nous renseignent en rien sur ses compétences, mais nous apprenons quand même qu'il a obtenu un diplôme de mathématiques de la Sorbonne, en France, une maîtrise en histoire des sciences de l'université de Cambridge, en Angleterre, et un doctorat en physique de l'université Cornell, aux États-Unis. Qu'est-ce qu'un savant de son envergure est venu faire dans ce chalet perdu, loin de toute civilisation ? Réponse : des calculs. Nous avons trouvé des centaines et des centaines de cahiers remplis de formules et d'équations auxquelles nous n'avons évidemment rien compris.

M. Svonok vivait en ermite, ce qui ne l'empêchait cependant pas de communiquer avec le reste de la planète. Il publiait en effet des articles scientifiques et recevait un abondant courrier composé essentiellement de formules mathématiques. Si on se fie aux dates, il a continué à correspondre avec ses collègues jusqu'à la fin de sa vie, mais il n'a jamais ressenti le besoin de s'abonner à Internet. Au début du XXIᵉ siècle, il écrivait encore des lettres manuscrites. Quel drôle de comportement, pour un scientifique !

Politique

En plus de ses bouquins scientifiques, il possédait les œuvres complètes de Lénine (49 volumes !), des livres de Karl Marx et du Che Guevara, et plusieurs exemplaires du Petit Livre rouge de Mao Tsé-toung. Maude a aussi trouvé dans un tiroir de sa commode quelque chose qui ressemble à une carte de membre du parti communiste russe datant de 1956. La carte avait été déchirée en deux, puis recollée avec du ruban adhésif.

Vie sentimentale

Pas de certificat de mariage ni de divorce, pas de photos de femmes ou d'hommes qu'il aurait pu aimer dans un lointain passé, pas de lettres d'amour, rien de rien.
M. Svonok ne semblait pas non plus avoir de véritables amis. Toutes les lettres qu'il recevait étaient couvertes de chiffres, de chiffres et encore de chiffres. D'après ce que nous a raconté le père de Mathieu, il ne fréquentait personne au village. Il allait faire ses courses chaque semaine dans sa

Studebaker et, tout en se montrant gentil avec tout le monde, il gardait toujours ses distances. Les seuls humains avec lesquels il semblait fraterniser davantage étaient le commis du bureau de poste et le barbier, chez qui il se rendait chaque mois. Là encore, il ne parlait le plus souvent avec eux que de la pluie et du beau temps.
Le seul indice qui nous permette de croire qu'il a eu une relation affective nous vient de l'inspection du garde-manger : Maude y a en effet découvert... un reste de nourriture sèche pour chiens, des médicaments prescrits par un vétérinaire et le carnet de santé d'un Golden Retriever qui s'appelait Oural et qui est mort à l'âge vénérable de seize ans. Il souffrait de rhumatismes, et le vétérinaire a dû procéder à l'euthanasie le 6 septembre 1989.

Sexe

Nous n'avons pas découvert de condoms dans la salle de bain ni de revues pornographiques sous le lit. Mathieu a examiné les factures de téléphone au cas où M. Svonok aurait eu recours à un service d'appels érotiques, mais il n'a rien trouvé de ce genre. Comme M. Svonok n'était pas non plus abonné à Internet, nous en concluons que le sexe n'était pas le centre de sa vie.

Religion

La religion non plus, d'ailleurs. Pas de Bible ni de Coran dans sa bibliothèque, pas de traité de méditation ni de livre de prières, pas de crucifix, de statues ni d'icônes russes, rien du tout. Si M. Svonok avait une vie spirituelle, il ne sentait apparemment pas le besoin de l'exprimer à travers des livres ou des objets.

Voyages

Si on se fie aux adresses que nous avons trouvées sur certaines lettres, il semble que M. Svonok se soit beaucoup promené entre 1956, année où il a fui l'URSS, et 1968, date où il a abouti ici : Paris, Cambridge, Londres, Édimbourg, Ithaca, Vienne, New Delhi...
En 1968, il achète le chalet et s'y installe pour de bon. Pourquoi ici, alors qu'il n'a ni famille ni amis au Canada? Et pourquoi a-t-il cessé soudainement de voyager? Aucune idée.

Famille

Une nièce en Angleterre et un cousin au Vermont, c'est tout. La nièce lui écrivait deux fois par année : une carte pour Noël, et une autre pour son anniversaire, le 6 juillet. M. Svonok rangeait les cartes bien proprement

dans une boîte de métal, par ordre d'arrivée. Comme la nièce écrivait en anglais, Mathieu a pu toutes les lire, mais ces cartes ne contenaient rien d'autre que des formules de politesse écrites d'une main tremblante. La nièce était soit très vieille, soit très malade, et peut-être les deux en même temps.
Le cousin lui écrivait aussi de temps en temps de longues lettres rédigées en anglais, dans lesquelles il parlait de la météo, des élections aux États-Unis ou de ses maladies.

Traits particuliers

Difficile de dire si M. Svonok était beau ou laid. Les seules photos que nous avons pu examiner sont celles qui figurent sur ses vieux passeports et qui montrent un homme sérieux, aux cheveux coupés en brosse et portant de grosses lunettes de corne.
– Peut-être qu'il n'avait pas envie de sourire aux fonctionnaires russes qui ont pris les photos, a dit Maude. Changez ses lunettes et sa coupe de cheveux, accrochez un sourire à ses lèvres, et vous obtiendrez peut-être l'image d'un homme joyeux, et même très séduisant...
– Ça me surprendrait, a répliqué Mathieu en haussant les épaules. Lunettes ou pas, il aurait toujours l'air d'un ingénieur.

Il n'y a rien à ajouter : M. Svonok avait l'air d'un ingénieur, en effet.
L'examen de sa garde-robe nous a permis de conclure que M. Svonok est toujours resté mince, et nous avons trouvé dans sa salle de bain de la crème à barbe et de la lotion après rasage, du désodorisant, de l'eau de Cologne, du gel pour les cheveux et de l'huile parfumée pour le bain. Après presque quarante ans de quasi-réclusion, M. Svonok ne ressemblait en rien à l'ermite mal rasé et couvert de poux qu'on aurait pu imaginer. De tels soins apportés à son apparence étaient bizarres, mais pas autant que sa collection d'horloges.

Horloges

Nous sommes tous d'accord là-dessus : la première chose dont on se débarrasserait si on devenait ermite, c'est notre montre. À quoi bon savoir quelle heure il est quand on vit seul et qu'on n'a pas de rendez-vous? Les antiquaires sont pourtant repartis avec des dizaines d'horloges, de pendules et de montres de poche. Nous avons aussi trouvé dans une des armoires de la cuisine deux boîtes pleines de ressorts et d'engrenages, comme si M. Svonok s'amusait à réparer ses horloges ou à en fabriquer de nouvelles.
Simple passe-temps? Peut-être. Mais c'est quand même bizarre, surtout quand on met ce

passe-temps en relation avec les titres des articles scientifiques qu'il écrivait : « Real and Imaginary Time », « Non Linear Transitions in the Time Domain », « Time-Dependent Supersymmetry »...

Passe-temps

Marcher, nager, fendre du bois pour l'hiver, démonter et remonter des horloges, écrire des articles scientifiques, aligner des équations, patiner sur le lac gelé, lancer des bâtons au chien, nourrir les écureuils, regarder les étoiles, observer les oiseaux, aller faire ses emplettes au village, visiter le barbier une fois par mois, écouter de vieux disques sur un phonographe, contempler le coucher de soleil... Quoi d'autre, M. Svonok? Étiez-vous heureux? Vous arrivait-il de vous ennuyer?

Finances

M. Svonok conservait toutes ses factures et notait toutes ses dépenses et ses revenus dans de grands cahiers noirs.
Côté entrées, il recevait chaque mois un chèque de pension de vieillesse et quelques centaines de dollars en intérêts qui provenaient de certificats de dépôts.

Côté sorties, rien de palpitant : quand il avait payé son épicerie et son électricité, tout était dit. Il n'était pas abonné au câble ni à Internet, et il n'avait que le service de téléphone de base. Même que son téléphone était à roulette, une vieillerie qui pesait une tonne, si ancien que le père de Mathieu a réussi à le vendre à un antiquaire. Sa voiture ne lui coûtait pas cher non plus : un plein d'essence aux deux mois suffisait à ses déplacements, et il réparait lui-même son automobile en cas de besoin. Il n'allait jamais au restaurant ni au cinéma, et il ne fumait pas. Son seul vice, si on peut dire, c'était l'alcool : il achetait une bouteille de vodka par mois, et il en buvait une once par jour. On a déjà vu pire!

Il avait peu de revenus, mais encore moins de dépenses : il était donc riche, à sa manière, et même très riche si on considère la valeur de sa propriété. Nous avons trouvé un acte de vente et un certificat de localisation, les deux datant de 1968. M. Svonok a acheté le chalet et le terrain pour la somme de vingt mille dollars. D'après le père de Mathieu, le terrain à lui seul vaut aujourd'hui plus d'un million : le lac n'est pas très grand, mais tout le pourtour fait partie du domaine de M. Svonok, de même que la moitié de la montagne qui se trouve en face. Au-delà de cette montagne commence la réserve faunique des Laurentides. Près de huit mille kilomètres carrés de lacs, de rivières et de forêts. M. Svonok n'a donc jamais eu d'autres voisins que des renards, des chevreuils, des lynx, des castors...

Décès

Le barbier, inquiet de voir que M. Svonok avait raté son rendez-vous mensuel, a fait part de ses craintes au pharmacien, et ils ont tous les deux décidé d'aller voir ce qui se passait chez lui. Ils ont trouvé le vieil homme mort dans son lit.
Selon le rapport d'autopsie, il a succombé à un arrêt cardiaque survenu pendant son sommeil. Il venait d'avoir quatre-vingt-deux ans.

▲ ▼ ▲

— Plus je prends de notes sur M. Svonok, plus je le trouve sympathique, conclut Roxanne en se massant le poignet. Bizarre, mais sympathique...

— Moi, plus j'apprends de détails à son sujet, plus j'ai l'impression que l'essentiel nous échappe.

— Que veux-tu dire ?

— Imagine un instant qu'un parfait étranger aille fouiller dans ta chambre et essaie ensuite de tracer ton portrait. Il connaîtrait peut-être tes goûts musicaux et tes livres préférés, il pourrait parler de la taille de tes jeans et de la couleur de tes cheveux, il trouverait peut-être des cahiers dans lesquels tu écris les brouillons de tes romans... Il pourrait donc apprendre des tas de choses importantes, mais te connaîtrait-il vraiment ?

— ... Tu as raison, répond Roxanne après y avoir réfléchi quelques instants. Il pourrait même se tromper du tout au tout : imagine quelqu'un qui fouillerait dans tes papiers à toi et qui tomberait sur les brouillons des histoires macabres que tu écris !

— J'aime autant ne pas y penser ! Mais revenons à M. Svonok. Peut-être que nous nous trompons complètement sur son compte. Peut-être qu'il a commis un crime horrible dont il a effacé les traces, et qu'il a passé sa vie à craindre que le passé le rattrape. Ça expliquerait qu'il se soit exilé ici et qu'il n'en soit jamais reparti. Et peut-être qu'il veut maintenant nous faire fuir avant que nous découvrions son secret...

— Dans ce cas, il s'y prend très mal. Maude a raison : si nous avons vraiment affaire à un fantôme, il n'a rien fait jusqu'ici de bien terrifiant.

— Peut-être qu'il essaie de nous amadouer pour mieux nous faire tomber dans un piège ?

— ... Tu crois vraiment aux fantômes, Steve ?

— Bonne question. Je ne sais pas s'il y a une vie après la vie, mais je suis certain qu'il est impossible d'en revenir. Si c'était le cas, les scientifiques auraient réussi à le prouver, d'une manière ou d'une autre...

— J'ai entendu dire qu'une entreprise américaine de pompes funèbres installait des téléphones dans les cercueils, pour parler aux morts...

— Ça confirme ce que je pense : les fantômes, c'est utile pour raconter des histoires de peur ou pour vendre des gadgets à des gens naïfs, un point c'est tout. Ça ne peut pas exister, j'en suis sûr à 99,9999 %. Le problème, c'est ce 0,0001 % de mes neurones qui admet que c'est *quand même* possible... Plus j'y pense, plus je me sens frustré.

— ... Frustré ?

— Ma grand-mère est morte quand j'avais six ans, et elle ne m'a jamais donné signe de vie. Pourtant, j'adorais ma grand-mère. Mon frère est mort il y a plus de deux ans, tué par un chauffard ivre mort. Il ne se passe pas une journée sans que je pense à lui, Rox. J'ai même *prié* pour lui, même si 99,99 % de mes neurones refusent de croire en Dieu. Mon frère ne m'a jamais envoyé de messages de l'au-delà, ou alors je ne les ai pas entendus. Son souvenir est encore là, quelque part dans mon cerveau, et c'est tout. Pareil pour mon oncle Vincent, qui est mort d'un cancer du poumon. Pareil pour ma cousine, qui a eu la leucémie. Aucun des morts que j'ai connus de leur vivant n'a cherché à me contacter, et voilà qu'un Russe que je n'ai jamais vu essaierait de communiquer avec moi ? C'est idiot, et c'est frustrant.

— Il me semble t'avoir déjà entendu dire que les écrivains ne choisissent pas leurs histoires, que ce sont plutôt leurs histoires qui les choisissent. Peut-être que c'est pareil pour les fantômes ?

— ... Peut-être...

— Sais-tu ce que je trouve le plus bizarre dans tout ce que tu viens de me dire, Steve ? Tu prétends que 99,9999 % de tes neurones refusent d'admettre l'existence des fantômes, mais quand il s'agit de Dieu, le pourcentage tombe à 99,99...

— Ça dénote une certaine ouverture de ma part envers la religion.

— ... Est-ce qu'on t'a déjà dit que tu faisais parfois de drôles de raisonnements, Steve ?

Mardi soir

Il pleut encore à grosses gouttes, et les bûches sont détrempées. Nous ne ferons pas de feu de camp ce soir, mais il n'est pas question non plus de rester enfermés dans le chalet à travailler ou à jouer au *Risk*. Personne n'a envie de conquérir le monde à coups de dés ce soir, et encore moins de remplir des boîtes de livres en respirant de la poussière.

Tout de suite après le souper, Mathieu nous a proposé d'aller nous asseoir dans la Studebaker, au cas où il se produirait encore des phénomènes étranges. Nous nous y sommes installés à tour de rôle, puis tous les quatre ensemble, mais nous n'avons rien ressenti de particulier. Roxanne s'est ensuite plongée dans son livre d'images, sans plus de résultat. J'ai essayé, moi aussi, et ça n'a rien donné. Maude n'a pas eu plus de succès avec son harmonica : elle n'en tirait que des fausses notes. Mathieu, qui voulait l'accompagner, n'a même pas réussi à accorder sa guitare. « Ça doit être l'humidité », a-t-il dit avant de remettre son instrument dans son étui.

Nous sommes ensuite sortis marcher sous la pluie, à la suggestion de Maude, ce qui nous a permis de constater que notre chalet semblait avoir perdu son étrange phosphorescence : d'où nous sommes maintenant, sur le quai, nous ne pouvons même pas le distinguer dans la nuit.

— Je n'ai jamais compris pourquoi les gens refusent de sortir quand il pleut, dit Maude. Marcher sous la pluie, surtout à la campagne, c'est magique. Écoutez ça...

— Au lieu de regarder monter les flammes, nous regardons l'eau tomber, répond Roxanne après avoir écouté la pluie pendant un moment. C'est le contraire d'un feu de camp !

La nuit est si noire que je ne vois rien autour de moi, mais j'aime entendre le son des gouttes d'eau qui tombent sur le lac, accompagnées des lointains grondements du tonnerre. J'ai toujours adoré les orages. Pour moi, c'est le plus beau des spectacles son et lumière.

— Je ne comprends pas la manie qu'ont les météorologues d'annoncer qu'il fait beau quand le ciel est dégagé. Comme si les nuages étaient *laids*...

— Tu as raison, Steve, réplique Mathieu. Nous devrions fonder une association de défense des nuages. Non à la discrimination ! Combattons le racisme anti-pluie ! *Clouds are beautiful* !

— On dirait que le ciel t'a entendu et qu'il a organisé un défilé de la fierté nébuleuse, poursuit Roxanne. Aussitôt qu'on pense que ça va s'arrêter, ça repart de plus belle... Vous ne trouvez pas ça étrange, vous autres, qu'on entende le tonnerre, mais qu'on ne voie pas d'éclairs ?

— C'est sans doute parce que l'orage passe trop loin, remarque Maude. C'est vrai que les éclairs seraient bienvenus : ça nous permettrait peut-être de voir ce qui se passe de l'autre côté du lac. Vous apercevez quelque chose, vous autres ?

— Rien de rien, répond Roxanne. On dirait vraiment que le fantôme de M. Svonok a décidé de prendre des vacances, ce soir. Peut-être qu'il n'a pas apprécié qu'on fouille dans ses affaires...

— Peut-être que ses piles sont mortes, ajoute Mathieu.

— Peut-être que les fantômes ont droit à des jours fériés ou à des pauses syndicales, poursuit Maude.

— J'aime bien l'idée de la pause syndicale, enchaîne Mathieu. Imaginez un peu des fantômes avec des pancartes, qui feraient la grève pour négocier une convention collective... Il y aurait de quoi écrire une histoire divertissante, non ?

— J'ai un titre : *Les fantômes déchaînés*...

Nous avons eu une bonne idée de sortir : il n'y a rien comme un peu de pluie pour laver le paysage, et rien non plus comme un peu d'humour pour nous aider à surmonter nos peurs. Nous n'avons peut-être pas ri à gorge déployée, ce soir-là, mais nous avons beaucoup souri. C'est souvent bien meilleur.

— Est-ce que vous tenez vraiment à rester ici jusqu'à minuit, vous autres ? finit par demander Mathieu. J'ai envie de rentrer, moi...

— Rentre si tu veux, dit Maude, mais, moi, je reste encore quelques minutes. Il me semble que le ciel se dégage un peu. Peut-être que nous verrons la Lune ?

À peine Maude a-t-elle fini sa phrase que nous entendons un bruit étrange, un *toc toc* régulier, comme si quelqu'un frappait à une porte invisible.

— Entendez-vous ça ? chuchote Maude.

Nous prêtons tous l'oreille et nous découvrons bientôt que le bruit provient du quai lui-même.

Nous nous penchons pour examiner les contours du quai, chacun de notre côté, mais il est difficile de voir quoi que ce soit tant la nuit est noire. Je finis par apercevoir une forme étrange qui, poussée par les vagues, percute régulièrement un pilier du quai. Je me penche encore plus : on dirait une petite bûche, ou une planche...

Je ramasse l'objet.

— Regardez ça...

Ça, c'est un bateau de bois grossièrement sculpté. Un jouet d'enfant.

Un jouet d'enfant perdu au milieu de la nuit.

Un jouet qui a navigué sous la pluie et qui est venu frapper obstinément le pilier du quai où nous nous trouvons tous les quatre.

Un bateau de bois que personne n'aurait trouvé si nous n'avions pas eu cette étrange idée de sortir sous la pluie, ce soir. Qu'est-ce qu'il fait là ? D'où peut-il bien venir ? Nous ne pouvons nous empêcher de regarder de l'autre côté du lac, où il n'y a pourtant rien à voir.

— Nous devrions rentrer à la maison pour l'examiner, dit Mathieu.

— Peut-être que c'est un cadeau de M. Svonok..., suggère Maude.

— Qu'est-ce que tu veux dire ? demande aussitôt Mathieu.

— Je ne sais pas. Ça m'est venu comme ça...

Je saute aussitôt sur l'occasion pour parler de quelque chose qui me préoccupe :

— Est-ce que ça t'arrive souvent, ces jours-ci ?

— Je ne suis pas sûre de comprendre ta question, Steve, répond Maude.

— As-tu souvent des phrases qui te *viennent comme ça* ?

— ... Maintenant que tu m'y fais penser, je dois admettre que ça m'arrive de plus en plus souvent depuis que nous sommes ici, oui, répond-elle après y avoir réfléchi quelques instants. Un peu comme si j'entendais des voix... Ce n'est pas vraiment inquiétant, mais quand même étrange.

— Ça me rassure : je suis comme ça, moi aussi. J'avais peur de devenir schizo.

— Peut-être que les lieux nous inspirent, tout simplement, dit Roxanne. Nous recevons la visite des Muses...

Nous finissons par rentrer, et je pense que je n'ai jamais dormi aussi profondément que cette nuit-là. Peut-être que c'était un cadeau, ça aussi, tout comme l'étrange bateau de bois.

Mercredi

Mercredi, huit heures

La pluie a cessé de tomber au milieu de la nuit, mais le ciel est encore nuageux ce matin, et il fait plutôt frisquet quand je me lève. Roxanne s'est préparé un grand bol de chocolat chaud, ce qui me donne l'idée d'en faire autant. Je suis plutôt amateur de café, mais la seule odeur du chocolat me réchauffe.

Je vais ensuite m'asseoir avec les autres, et j'examine avec eux le bateau posé au milieu de la table. C'est un genre de cargo de la grosseur d'une boîte à chaussures, sculpté dans une seule pièce de bois. La coque a déjà été bleue, mais il ne reste plus que des traces de la peinture. La passerelle de navigation, elle, a déjà été blanche, et la cheminée, noire. Le résultat est plutôt grossier.

— C'est un truc fabriqué à la main par un artisan pas très habile, dit Roxanne, ou alors par un enfant. Quelqu'un se souvient-il d'avoir vu ça quelque part ?

— Pas moi, répond Mathieu, mais ça ne prouve rien : il y avait tellement d'objets dans ce chalet que je défie qui que ce soit de se rappeler tout ce qu'il y a vu.

— Ça ne me dit rien à moi non plus, enchaîne Maude, mais il faut nécessairement que ça vienne d'ici. Ce bateau n'est pas allé se promener sur le lac tout seul, c'est impossible.

— J'y ai pensé hier soir avant de m'endormir, et j'ai trouvé une explication logique. Plus logique que celle d'un cadeau envoyé par M. Svonok, en tout cas.

— ... On t'écoute, Steve.

— Supposons qu'un des antiquaires ait acheté ce bateau et qu'il l'ait mis dans une boîte en même temps que d'autres vieux jouets. Il se peut aussi que ce soit le père de Mathieu qui l'ait pris pour aller le vendre dans un bric-à-brac, mais ça ne change rien à mon hypothèse. Quelqu'un sort donc de la maison avec une boîte qui déborde de jouets, et le bateau tombe par terre. Supposons qu'il aboutisse dans le fossé, à côté du chemin. Il reste là pendant une semaine ou deux, et personne ne le remarque. Mais, avec la pluie, le fossé se transforme en ruisseau, et ce ruisseau emporte le bateau jusqu'au lac. Poussé par les vagues, il revient toujours buter contre le quai... Ça me paraît logique. Peut-être même qu'il était déjà dans le fossé du vivant de M. Svonok, et qu'il fallait une pluie diluvienne pour l'entraîner jusqu'au lac.

— Ça se tient, approuve Maude. Je vote pour ton explication, Steve.

— Moi aussi, ajoute Mathieu, qui hoche la tête deux ou trois fois avant de se verser une deuxième portion de céréales. J'aurais dû y penser...

— Moi aussi, répond Roxanne après un certain temps, mais c'est quand même étrange que nous nous sentions toujours obligés de trouver des explications logiques : la mauvaise qualité de la peinture, un reflet sur le brouillard du lac, des objets qui déclenchent des souvenirs d'enfance, un déluge qui tombe au bon moment pour entraîner un bateau de bois jusqu'au lac...

— Nous devrions remettre ce bateau à l'eau.

J'ai prononcé ces mots d'un ton si décidé que Mathieu se tourne vers moi en fronçant les sourcils pour bien montrer sa perplexité.

— ... Est-ce qu'on peut savoir pourquoi, Steve ?

— J'ai fait un drôle de rêve, cette nuit, qui vient tout juste de me revenir : je voyais le bateau traverser le lac en laissant derrière lui de grands sillons en V, comme un vrai cargo qui aurait traversé l'océan... Il faut remettre ce bateau à l'eau.

— ... Est-ce que je comprends bien, Steve ? Tu imagines vraiment que ce jouet va traverser le lac ?

Mathieu est sceptique, et je réagirais sûrement de la même façon si j'étais à sa place, mais c'est plus fort que moi : mon rêve semblait tellement réel que je refuse de croire que ce n'était qu'un rêve.

— Qu'est-ce qu'on perd à tenter l'expérience ? demande Maude.

Mathieu hausse les épaules en bougonnant, mais il finit par nous suivre jusqu'au quai.

Il vente fort, ce matin, et le lac est agité de grosses vagues. Je commence par y jeter un bout de bois, qui revient immédiatement vers la rive, comme tout le monde s'y attendait. Un jouet en bois qui n'a pas de moteur, ni de voile, ni même de gouvernail devrait logiquement en faire autant.

Je mets le bateau à l'eau en le poussant vers le large, et il se comporte exactement comme la branche : il revient tranquillement vers nous, ballotté par les vagues.

— L'expérience est concluante, dit Mathieu. Les lois de la physique sont encore valides...

— Pas tant que ça, dit Maude. Regarde...

Après avoir fait du surplace pendant un moment, le bateau a viré de cap et il se met à traverser le lac lentement, mais sûrement. Il se dirige tout droit vers le rocher où nous nous rendons chaque jour à la nage.

— Peut-être qu'il veut aller visiter le chalet fantôme, dit Roxanne.

— Comment un bateau pourrait-il *vouloir* quelque chose ? murmure Mathieu.

— Et si on le suivait ? propose Roxanne.

— C'est une bonne idée, mais nous sommes mercredi, réplique aussitôt Mathieu.

— ... Et alors ?

— Mercredi, c'est le jour des camions. Mon père nous a prévenus, vous ne vous en souvenez pas ? Celui de la société de Saint-Vincent-de-Paul ne devrait pas tarder à arriver pour récupérer les vêtements.

Heureusement que Mathieu est là pour gérer notre chantier : depuis que nous sommes ici, j'ai tendance à oublier qu'il existe un monde extérieur, un monde dans lequel les jours se suivent régulièrement. Nous sommes mercredi, il a raison. Je l'avais complètement oublié.

— Le bateau ne peut pas aller bien loin de toute façon, ajoute Maude. On finira bien par le retrouver.

Nous restons encore longtemps sur le quai, à regarder le jouet de bois affronter bravement les vagues et traverser le lac agité.

À neuf heures, quand le camion de la société de Saint-Vincent-de-Paul fait irruption dans notre bulle de silence, le bateau n'est plus qu'un minuscule point à l'horizon.

Mercredi, neuf heures

Tous les vieux vêtements de M. Svonok sont dans des sacs empilés dans un coin de la véranda. La plupart sont bons pour la guenille, mais d'autres feront sans doute le bonheur de quelqu'un dans le besoin. Personne ne devrait jamais jeter de vieux vêtements, et personne non plus ne devrait critiquer une entreprise comme la société de Saint-Vincent-de-Paul, qui aide les démunis tout en favorisant le recyclage. C'est une bonne affaire pour tout le monde, non ? Dans ce cas, pourquoi est-ce que je me sens agressif quand je vois le vieux camion déglingué s'arrêter devant notre chalet ?

Le chauffeur qui en descend n'est pas un voleur : c'est un brave type qui travaille pour une œuvre de charité, et qui est sans doute mal payé. Peut-être même est-il bénévole. Pourquoi, alors, ais-je l'impression d'avoir affaire à un intrus ? J'aurais envie de lui sauter à la gorge, comme un chien qui défend son territoire !

Il m'arrive de ressentir de la colère, comme tout le monde, mais je n'ai aucune raison d'en vouloir à cet homme, qui nous rend un précieux service en nous débarrassant de ces sacs verts qui encombrent la véranda. Je me sens pourtant bourré d'adrénaline et prêt à passer à l'attaque.

Ce sentiment est tellement fort que je préfère m'éloigner. Je me dirige vers le garage, dont je commence aussitôt à gratter la peinture pour m'aider à faire passer mon inexplicable accès de rage. Roxane vient bientôt me rejoindre, les yeux pleins d'eau.

— Je ne sais pas ce qui m'arrive, dit-elle. C'est complètement idiot, mais j'ai l'impression que cet homme fouille dans mes affaires personnelles pour me voler quelque chose de précieux... Comme si les vieux pantalons de M. Svonok pouvaient avoir une valeur sentimentale ! Je n'ai jamais vu ce M. Svonok, il ne représente rien pour moi. Pourquoi est-ce que je réagis comme ça ?

— Je me sens bizarre, moi aussi... Tiens, prends une brosse et gratte la peinture avec moi, ça te fera du bien.

Nous nous activons en silence, tout en observant du coin de l'œil Mathieu et Maude, qui aident l'employé de la société de Saint-Vincent-de-Paul à charger le camion. Mathieu a l'air de filer un drôle de coton, lui aussi. Il ne dit pas un mot à l'employé, lui qui est pourtant le plus sociable de nous tous. Il transporte les sacs deux par deux, presque au pas de course, comme s'il voulait en finir le plus vite possible avec cette corvée, et il les lance sans ménagement dans la boîte du camion. Maude travaille presque aussi vite, mais elle s'arrête à quelques reprises pour s'essuyer les yeux du revers de sa manche.

Nous nous sentons tous soulagés quand le camion part enfin et que nous nous retrouvons entre nous.

— Le pire est à venir, dit Mathieu. La dépanneuse est supposée arriver vers onze heures pour prendre la Studebaker, et j'ai peur de ne pas être capable de supporter ça. C'est bête, je le sais, mais j'ai l'impression que cette auto est aussi vivante que la *Christine* de Stephen King. J'ai beau me dire que ce n'est qu'un amas de tôle et de verre, je n'arrive pas à me raisonner... J'y pense depuis ce matin, et j'ai peur de craquer quand je la verrai partir. C'est complètement fou, non ? Ce n'est qu'une auto !

— Veux-tu qu'on s'en occupe ? propose Roxanne.

— Ça vaudrait mieux, oui. Il faut que je m'éloigne d'ici. J'irai me promener en canot sur le lac pendant ce temps-là. Peut-être que je pourrai essayer de récupérer le bateau, tant qu'à y être...

— Veux-tu aller voir la Studebaker une dernière fois ?

— Non. Il est préférable que je parte tout de suite.

Je regarde Mathieu monter dans le canot, et je me dis qu'il fait bien de partir. Il est plus attaché que moi à cette vieille auto, et je comprends qu'il se sente déchiré.

Mercredi, dix heures

C'est Maude qui accueille le garagiste. Elle essaie d'afficher un air enjoué, sans trop y réussir.

— Bonjour, monsieur, vous venez pour la Studebaker ? Vous êtes au bon endroit, oui...

Le chauffeur recule son camion dans l'entrée pour que l'arrière soit le plus près possible du garage pendant que je fais basculer la porte de celui-ci. Il me demande ensuite de mettre la transmission de l'automobile au neutre tandis qu'il prépare son treuil.

J'ouvre la portière de la voiture, qui ne m'a jamais semblé aussi lourde, j'appuie de toutes mes forces sur la pédale d'embrayage, j'essaie de déplacer le levier de vitesse, et je sens que quelque chose résiste, quelque chose qui n'a rien à voir avec la mécanique mais plutôt avec mon propre bras, comme si mon corps refusait de *trahir* la Studebaker. Je réussis enfin à déplacer le levier, puis je sors le plus vite possible et je referme la portière au moment où le garagiste finit de placer ses crochets sous le châssis.

Il actionne quelques manettes, et la suite n'est qu'un concert de bruits de chaînes, de grondements de moteur diesel et de craquements de tôle de la Studebaker, qui est entraînée jusque sur la plateforme du camion. Le garagiste arrime ensuite chacune des roues pour qu'elles ne puissent plus bouger, puis il fait le tour de sa prise, fier comme un chasseur qui aurait réussi à mettre un lion en cage.

— Je ne pensais jamais qu'elle serait en aussi bon état, dit-il. Elle est vraiment parfaite, sans la moindre trace de rouille... Le propriétaire devait passer ses journées à l'astiquer pour qu'elle soit aussi belle... Vous le connaissiez ?

— Pas vraiment, non, répond Maude.

Le garagiste aurait sans doute voulu faire la conversation un peu plus longtemps avec Maude, qu'il semble d'ailleurs trouver à son goût à en juger par l'intérêt qu'il porte à ses seins, mais Maude lui tourne le dos.

— Bon, je pense que je vais y aller...

Comme personne ne lui répond, il grimpe dans son camion et part avec *notre* Studebaker.

La dépanneuse est partie depuis un bon moment déjà, et pourtant nous restons là, tous les trois, à regarder la route.

— Tu lui as fait une drôle de réponse, finit par dire Roxanne à Maude.

— ... Quelle réponse ? répond Maude sur le ton de quelqu'un qui revient d'un long voyage sur la Lune.

— Tu aurais pu affirmer que tu ne connaissais pas le propriétaire, que tu ne l'avais jamais vu, ou qu'il était un parfait étranger. Au lieu de ça, tu as dit que tu ne le connaissais pas *vraiment*. Ça laisse entendre que tu le connaissais un peu...

— ... Je n'y avais pas pensé, mais tu as raison. C'est exactement ce que je ressens, Rox. On dirait qu'il est là, parmi nous, sans vraiment y être...

Nous n'avons pas le temps de réfléchir au sens précis de cette dernière remarque qu'un troisième camion arrive et qu'un homme en descend. Le chauffeur est plutôt costaud et il semble venir de très loin, du moins si on en juge par son accent :

— Maison M. Svonok ici ? Vous avoir livres donner université ? McGill University ?

Il nous montre des papiers, et nous finissons par comprendre qu'il a été engagé pour emporter toutes les boîtes de livres de M. Svonok à la bibliothèque du département de physique de l'Université McGill.

— M. Lachapelle a enfin trouvé quelqu'un qui voulait les livres, dit Maude. Tant mieux : ça aurait été bête de les brûler. On fait la chaîne ?

Aussitôt dit, aussitôt fait : je prends les boîtes de livres dans la maison et les apporte à Roxanne, qui les tend à son tour à Maude, qui les donne au chauffeur, lequel les charge dans son camion.

Je ne ressens étrangement aucune animosité à l'endroit du camionneur. Je suis au contraire soulagé de voir partir tous ces livres : j'ai l'impression que je n'y comprendrais jamais rien, quand bien même je passerais le reste de ma vie à étudier le russe et la physique. Maude et Roxanne semblent partager mon sentiment, et nous travaillons dans la bonne humeur malgré la difficulté de la tâche. Il n'y a rien de plus pesant que des boîtes de livres, et Roxanne doit bientôt abandonner la partie : si elle arrive parfois à oublier son handicap, la douleur ne tarde jamais à le lui rappeler.

Mathieu revient heureusement de son expédition au même moment et il lui offre de prendre sa place dans la chaîne.

— Je te confie notre bateau, Rox. Je l'ai retrouvé de l'autre côté du lac, tout près de la grosse roche.

Mathieu semble ravi de se débarrasser des livres, lui aussi, et il se met au travail avec tant d'ardeur que le camion est bientôt rempli de plus de quatre cents boîtes. Je le sais pour les avoir comptées : nous avons rempli et transporté exactement quatre cent vingt-huit boîtes, qui sont maintenant empilées dans le camion.

Le chauffeur s'essuie le front du revers de sa manche et essaie de nous faire comprendre, par signes autant que par mots, que nous n'aurions pas pu charger une seule boîte de plus : les ressorts de la suspension sont presque complètement écrasés. Une idée absurde me traverse aussitôt l'esprit : je me dis que la maison est sûrement plus légère maintenant qu'elle est débarrassée de ses livres en trop, et je ne serais pas surpris de la voir rebondir, comme si tout ce poids avait pu comprimer ses ressorts...

Le chauffeur n'est pas encore reparti qu'un quatrième camion s'immobilise devant le chalet.

L'homme qui en descend est gros et mal rasé, et il mâchonne un cure-dents entre ses dents jaunes. Il nous dit qu'il s'appelle Reynald, qu'il est brocanteur et que le père de Mathieu lui a donné la permission de venir fouiller dans la maison de M. Svonok, au cas où il resterait quelques bricoles qui pourraient l'intéresser.

Nous l'accompagnons donc dans le garage, puis dans la maison, où il visite chaque pièce en prenant parfois un objet ou deux, qu'il regarde d'un œil dédaigneux en poussant de grands soupirs, comme pour nous faire comprendre que tout ça ne vaut pas grand-chose et qu'il nous rend un grand service en les emportant. Mathieu note quand même systématiquement ce qu'il dépose dans son camion : deux chaises, six cadres qui contenaient des diplômes de M. Svonok et que personne d'autre n'a voulu, le miroir de la salle de bain, des lampes et d'autres trucs de ce genre.

Quand il aperçoit le bateau, cependant, Reynald ne peut empêcher une lueur de cupidité de s'allumer dans ses yeux.

— Il n'est pas à vendre, dit Mathieu avant même que Reynald ait eu le temps de poser une question. Désolé.

— ... Tu es sûr ? Ce n'est pas que ça ait une grande valeur, mais j'ai des clients qui me demandent parfois de vieux jouets. Ça pourrait les intéresser, on ne sait jamais...

— Le bateau reste ici, point final, réplique Mathieu sur un ton glacial. Y a-t-il autre chose qui vous intéresse ?

— ... Je pense que ça va aller, répond Reynald, visiblement frustré. Je m'arrangerai avec ton père pour le paiement. Tu es sûr que je ne peux pas prendre ce bateau ? Ça n'a aucune valeur, mais...

— Sûr et certain, répond Mathieu sur un ton ferme et sans équivoque. Si vous ne voulez rien d'autre, nous vous accompagnons jusqu'à votre camion.

Mercredi midi

Nous rentrons dans la maison, qui nous semble maintenant tellement vide que nous nous sentons intimidés. Dans la cuisine, il n'y a plus que le réfrigérateur, la cuisinière, la table et quatre chaises. Les armoires ne contiennent plus que quelques ustensiles et de la vaisselle dépareillée. Le strict minimum. Le bureau, le salon et la véranda sont absolument vides. Dans les chambres, il ne reste que les lits, dans lesquels il n'y a même plus de draps. À partir de ce soir, nous dormirons dans nos sacs de couchage, et pas question de lire avant de nous endormir : Reynald a emporté toutes les lampes de chevet, et c'est tout juste s'il n'a pas dévissé les ampoules des plafonniers. Samedi matin, quand notre contrat sera enfin terminé, un autre camion viendra chercher ce qui reste, et la maison sera alors absolument vide. D'ici là, il nous faudra laver les murs, les plafonds et les planchers, et nous terminerons le travail en nettoyant les vitres. Ça risque d'être moins facile qu'il n'y paraît : M. Svonok chauffait sa maison au bois, et certains murs sont recouverts d'une épaisse couche de suie.

Le père de Mathieu nous a répété souvent que les acheteurs aiment avoir l'impression de repartir à neuf. Il faut donc essayer de leur faire croire que personne n'a jamais vécu dans la maison qu'ils achètent, qu'elle les attend depuis toujours et qu'elle a été expressément conçue pour eux. Voilà pourquoi il tient à ce que toutes les pièces soient vides à la fin de la semaine, lorsque la maison sera officiellement mise en vente. Il ne doit rien rester, pas même un cintre dans les garde-robes ni la plus petite trace de poussière ou de suie.

M. Lachapelle nous a aussi fait remarquer qu'une pièce vide a toujours l'air deux fois plus grande, ce qui augmente automatiquement la valeur de la maison. Je dois admettre qu'il a raison : jamais la maison de M. Svonok ne nous a semblé aussi immense.

— On se sent comme dans une église, chuchote Roxanne. On entend tous les pas, tous les craquements du plancher...

— Peut-être que les livres absorbaient les bruits, dit Mathieu. Maintenant qu'ils sont partis, les sons rebondissent partout...

— On dirait que le silence rebondit lui aussi, reprend Roxanne. C'est comme quand il y a une panne d'électricité et qu'on n'entend plus les grésillements des lumières, le bourdonnement du réfrigérateur, tous ces petits bruits auxquels on s'est tellement habitué qu'on ne les remarque plus. Chaque fois que ça arrive, je me demande comment on fait pour supporter chaque jour ces bruits insidieux.

— Moi, c'est plutôt quand j'éteins mon ordinateur que je me sens soulagé. Quand le ventilateur s'arrête, mon niveau de stress diminue de moitié...

— Et si on mangeait un morceau avant de se remettre au travail ? demande Maude. Ça m'a donné faim, moi, de transporter toutes ces boîtes...

— Bonne idée, réplique aussitôt Roxanne. On pourrait s'installer sur la table à pique-nique, qu'est-ce que vous en dites ?

Roxanne n'a pas besoin de demander le vote : sans nous en être parlé, nous ressentons tous le besoin de sortir au plus vite de cette maison trop vide. Comme si le vide pouvait nous avaler...

Mercredi après-midi

Nous venons de finir de manger, et le soleil tape fort. Il fait heureusement frais sous les pins, et personne n'a envie de se remettre au travail. J'en profite pour proposer une idée qui me trotte dans la tête depuis un bon moment.

— Qu'est-ce que vous diriez de faire de l'écriture automatique, comme dans les cours de M. Vinet ? Ça ne prend que quelques minutes, et on ne sait jamais ce qui peut en sortir.

— Crois-tu que le fantôme de M. Svonok va s'emparer de ta main et nous transmettre un message de l'au-delà ? répond aussitôt Mathieu. Espères-tu entrer en transe et communiquer avec les esprits ?

— Je n'ai pas envie de verser dans le spiritisme, Mathieu, ne t'inquiète pas. Je me dis simplement que chaque fois que nous faisons appel à notre raison, nous ne trouvons pas de réponses satisfaisantes aux questions que nous nous posons depuis que nous sommes ici. Si nous nous laissons aller à écrire n'importe quoi, peut-être que nous trouverons quelque chose...

— Je suis d'accord, dit Roxanne. Qu'est-ce qu'on risque à essayer ?

— Je suis d'accord, moi aussi, ajoute Maude. J'ai récupéré des tablettes de papier quadrillé dans le bureau de M. Svonok. Voulez-vous que j'aille les chercher ?

— D'accord, dit enfin Mathieu. On utilise la méthode des trois périodes ? Ce n'est pas trop long, et ça donne parfois de bons résultats.

J'aime bien cette méthode. Tout ce dont on a besoin, c'est quelques feuilles de papier, un crayon et une montre. Quand je suis chez moi, j'utilise souvent la minuterie du four à micro-ondes, que je programme d'abord pour cinq minutes. Il s'agit d'écrire n'importe quoi pendant ce laps de temps. Écrire le plus rapidement possible, sans rature ni censure, sans se préoccuper de l'orthographe ni de la grammaire. La seule chose qui compte, c'est d'aligner des mots si vite qu'on n'a pas le temps de penser à ce qui jaillit de notre cerveau. Ensuite on prend le temps de se relire, puis on passe à la deuxième période, qui ne dure que deux minutes, pendant lesquelles on a le droit de biffer des passages, de compléter, de remanier comme on veut. Au terme de la troisième période, qui ne dure qu'une minute, on garde une seule phrase.

Parfois, ça ne donne absolument rien de bon. C'est plutôt rare, et ça n'a rien de tragique : on a perdu dix minutes de son temps, c'est tout. D'autres fois, on obtient des phrases sans queue ni tête, tellement absurdes que c'en est drôle. Enfin, il arrive parfois que ça déclenche des idées ou des images qu'on n'aurait pas trouvées autrement, et ça devient alors très intéressant.

Maude distribue les papiers et les crayons, et nous essayons de faire le vide tandis que Mathieu regarde sa montre.

— Prêts pour la première période ? demande-t-il. Je programme mon chronomètre, attention, dans 5, 4, 3, 2, 1...

Écrire comme je le fais chez moi ça sent la pomme je mets la minuterie à cinq minutes et j'écris j'écris j'écris sans y penser j'écris jusqu'à ne pas savoir d'où ça vient d'où est-ce que ça part ce ne sont que des mots comme des flèches tirées n'importe où des flèches tirées par le grand chef de rien, des flèches qui se fichent au cœur du chef qui se fiche de ses flèches, les flèches qui se fichent au cœur de l'affiche, les têtes d'affiche se fichent de nous, leurs flèches se fichent dans les fichiers des fonctionnaires assis sur leur chaise de misère, des flèches dans les idées fixes, fixation de drogué au fond de sa ruelle parmi les sacs poubelles, comme lui j'ai mal au doigt, j'ai mal à mes flèches, j'ai mal à son âme, j'ai mal à mon doigt, à mon crayon, mal à sa seringue, flèche dans son sang, la flèche part et ne retombe jamais, ne peut pas s'arrêter tant qu'elle n'a pas trouvé sa cible, ne pas arrêter d'écrire, ne pas faire de ratures, pas droit aux ratures mais se donner le droit à l'erreur, continuer malgré le doigt qui fait mal, Steve, continuer, trouver la cible qui se défile de la flèche, les mots comme des flèches tirées au cœur de la nuit, savent-elles où elles vont, ces flèches de feu, savent-elles dans quel cœur se planter, quel sera leur gibier, le cœur dans lequel elles vont se planter, je tire mes flèches au hasard, au bonheur la chance, au bonhomme sept heures...

Ouf ! J'ai perdu l'habitude d'écrire à la main, et j'ai mal aux doigts quand la sonnerie de la montre de Mathieu me fait sursauter. Je suis quand même fier du résultat : il y a quelques phrases là-dedans qui méritent d'être creusées.

— Début de la deuxième période, attention, dans 5, 4, 3, 2, 1...

Qu'est-ce que je garde ? Les flèches qui se fichent au cœur de l'affiche ? Les têtes d'affiche qui se fichent de nous ? Les fonctionnaires assis sur leur chaise de misère ? La flèche qui ne peut pas s'arrêter tant qu'elle n'a pas trouvé sa cible ? J'hésite, je n'arrive pas à me décider, et le temps est déjà écoulé...

— Début de la troisième période dans 3, 2, 1...

C'est trop vite pour moi, beaucoup trop vite... J'aime la sonorité de cette flèche qui se fiche au cœur de l'affiche, j'aime aussi l'image de ce fonctionnaire sur sa chaise de misère... J'hésite entre les deux phrases, et je finis par choisir... la troisième. C'est elle que je garde, oui, tant pis. J'aime l'idée de cette flèche qui ne s'arrête pas, qui ne retombe jamais.

Trouver la cible qui se défile de la flèche.

J'ai hâte de voir ce qu'ont fait les autres.

— Chacun lit son texte ? propose Maude. Je suis curieuse de voir ce que vous avez écrit...

— Tu commences ?

— J'y vais... *Allez à droite, s'il vous plaît, suivez le guide, arrêtez-vous au guichet et payez deux cents dollars, sans oublier la taxe de luxe tout de suite avant Reading, tournez ensuite dans le sens des aiguilles d'une montre, sans jamais vous retourner sauf si on vous le demande, surtout ne vous retournez jamais, c'est trop dur pour les coutures, crispez vos orteils, serrez les poings, grincez des dents, la plume du coq n'écrit que de l'intérieur, utilisez deux doigts pour tendre la corde, plantez votre fourchette dans la miche de pain, mangez vos croûtes pour grandir jusqu'au ciel si vous voulez, mais ne vous retournez pas, ne retournez jamais sur vos pas sinon vous paierez l'amende honorable et on vous enlèvera deux cents dollars quand vous passerez go à l'envers, vous traverserez quand la maison sera vide et vous allumerez la télé.*

— C'est tout ? demande Mathieu.

— C'est tout. J'aime bien l'idée de *payer une amende honorable*, mais ce que je trouve le plus drôle, c'est cette idée de ne jamais se retourner parce que c'est trop dur pour les coutures. Comme si on pouvait se retourner à l'intérieur de ses jeans ! Si j'avais une seule phrase à garder, ce serait celle-là : *Ne vous retournez pas, c'est trop dur pour les coutures.*

— À mon tour, annonce Mathieu. Je ne censure rien, je vous avertis... *Svobodan Svonok Svobodan Svonok\Cavalcade de chevaux barbares\Les chevaux dans les yeux\Bacchanales de matières fécales\Tôt ou tard le facteur pressé finit sa tournée\Se retourne vers toi se détourne de toi\Toi tu le tutoies\Tu montes à califourchon sur ton facteur à crampons\Tu vas dans ta casbah de Casablanca\Ton kit à toi est là où tu ne vas pas\Tu te cases dans ta casemate\Tu planques ton stock de stuc\Quasimodo Torquemada Torpedo\Stupéfaction stupéfraction fraction de stock torréfaction de fractions\fraction de stupeur\Si au moins je savais où ça s'en va.* Voilà, c'est tout...

— ... Il y a des casbahs à Casablanca ? demande Rox.

— Aucune idée, répond Mathieu. D'ailleurs, je ne sais même pas ce que c'est, exactement, ni même si ça s'écrit avec un *c* ou un *k*... Je ne sais pas non plus qui est ce Torquemada... Ça me dit vaguement quelque chose, mais... Vous le savez, vous autres ?

— Il me semble que ça a rapport à l'Inquisition, répond Roxanne. C'était un prêtre espagnol particulièrement cruel, une espèce de docteur Mengele de son époque, ou quelque chose comme ça... Qu'est-ce que tu retiens de ton texte ?

— Dur à dire... *Ton kit à toi est là où tu ne vas pas?*

— C'est mieux que tes *bacchanales de matières fécales*, en tout cas ! dit Maude. À toi, Roxanne.

Ma Roxanne à moi s'éclaircit la gorge, puis nous lit son texte :

— *Je file patine sur le lac gelé/je feel platine sur la couverture glacée/les patineurs me crispent/les patineuses me parlent/glissent de grands huit tombés/de petits infinis/souvenirs d'agrumes/souvenirs de mon écriture/souvenirs de l'avenir/mes lettres se couvrent de brume/sentent la confiture/mon écriture bleue malgré l'encre verte/mon ancre ouverte/je la vois au fond du lac/sous l'épaisse couche de glace/entre les pierres tombales/pierres tombées du bal*... Voilà, c'est tout.

— Ma préférée, c'est *Je feel platine sur la couverture glacée*, dit Maude. C'est super !

— Moi, répond Roxanne, je retiens plutôt cette ancre ouverte au fond du lac. Mais est-ce qu'une ancre peut être *ouverte* ???

— Peu importe, intervient Mathieu. C'est très beau, ce que tu as écrit. J'aime bien les huit tombés qui deviennent des infinis... Les pierres tombales tombées du bal, c'est bien trouvé, ça aussi. Imaginez un bal dans les pierres tombales... Il y aurait une belle histoire macabre à faire avec ça, non?

— Je suis contente que tu apprécies, dit Roxanne en rougissant, mais je dois dire que j'ai triché. Cette phrase-là, je l'avais déjà écrite dans un des poèmes que j'ai remis à M. Vinet, et il a mis des étoiles dans la marge.

Je leur lis mes divagations à mon tour, et la phrase que j'en ai retenue : *Trouver la cible qui se défile de la flèche...*

— C'est bon, dit Mathieu. J'aimais bien tes fonctionnaires assis sur leur chaise de misère... Tu devrais faire de la poésie, Steve. Tu perds ton temps avec tes romans...

Mathieu et moi aimons bien nous asticoter au sujet de la poésie. C'est devenu une vieille habitude : je fais semblant de détester la poésie, il la défend avec des arguments enflammés, et ça ressemble vite à une partie de ping-pong verbal où tous les coups sont permis. Mais je n'ai pas envie de me lancer dans ce genre de sport aujourd'hui. Je serais même d'humeur à avouer que le compliment de Mathieu me va droit au cœur, mais Roxanne intervient avant que j'aie le temps de répondre.

— Il y a une logique dans tout ce qu'on a écrit. Une logique un peu tordue, comme dans les rêves, mais une logique quand même...

— Qu'est-ce que tu veux dire ? demande Maude.

— Steve parle d'une cible qui se défile de sa flèche, Maude d'une fille qui ne peut pas se retourner, Mathieu nous dit que ton kit est là où tu ne vas pas... Ce que je comprends de tout ça, moi, c'est qu'il faut avancer sans se retourner, comme une flèche, pour aller là où on ne va pas... Dans mon texte, il y a cette ancre ouverte au fond d'un lac... Je pense qu'il faut faire comme le bateau de bois : traverser le lac.

— Nous l'avons déjà fait, répond Mathieu. Nous l'avons même traversé presque tous les jours, et nous n'avons rien vu !

— C'est vrai, mais nous y sommes allés pendant le jour, justement. Qu'est-ce qui se passerait si nous y allions pendant la nuit, quand nous apercevons cet étrange reflet ?

La question de Roxanne est accueillie par un long silence. Il suffit que nous nous regardions dans les yeux pour comprendre que tout le monde y avait pensé, mais que personne n'avait encore osé le dire à voix haute. Il faudra pourtant s'y résigner, un jour ou l'autre. Ou plutôt *une nuit* ou l'autre... Tant pis, je me mouille :

— Pourquoi pas ce soir ?

— Je suis d'accord, dit Maude en relevant fièrement la tête. Je préfère en avoir le cœur net.

— Je suis d'accord, moi aussi, dit enfin Mathieu. À la tombée de la nuit, on allume notre feu de camp, comme d'habitude. Si le chalet fantôme s'illumine, on traverse le lac. Mais si on ne voit rien, on reste ici. Je ne vois pas pourquoi on irait se perdre dans la nuit. Nous sommes d'accord ?

Mercredi, en fin de journée

Nous travaillons tout l'après-midi à peindre le garage, Roxanne et moi, tandis que Mathieu et Maude commencent à nettoyer les murs intérieurs de la maison. Toutes les surfaces sont recouvertes d'une couche de suie si épaisse qu'il faut les laver à plusieurs reprises pour en venir à bout. Dix fois, vingt fois, nous voyons nos amis sortir avec des seaux remplis d'eau crasseuse, presque noire, qu'ils vont répandre dans le fossé, le plus loin possible du lac pour éviter de le polluer. C'est un travail salissant et harassant, mais le résultat est spectaculaire :

on dirait que Mathieu et Maude ont installé des lumières partout dans la maison. On distingue maintenant les veines du bois, et on aperçoit des motifs que personne n'avait soupçonnés. Nous découvrons alors que la marqueterie était un des passe-temps de M. Svonok : l'un des murs du salon, le seul qui n'était pas caché par des rayonnages de bibliothèque, est en effet entièrement recouvert d'un nombre incalculable de languettes de bois d'essences différentes, formant un labyrinthe inextricable. Un autre de ces labyrinthes, qui semble être une copie conforme du premier en format réduit, est reproduit sur un des murs de la cuisine, et on en retrouve un autre, encore plus petit, sur le plancher de la salle de bain.

J'ai déjà travaillé le bois avec mon père, et je sais que ces incrustations et ces placages représentent une somme de travail considérable. Non seulement M. Svonok était-il doté d'un sens artistique certain, il avait aussi fait preuve d'une patience de moine.

De notre côté, Roxanne et moi n'avons pas chômé non plus. Nous avons commencé par peindre l'arrière du garage, plus difficile d'accès, puis nous sommes revenus vers l'avant, recouvrant le gris du bois de cette peinture éblouissante que nous avons utilisée pour la maison. À dix-sept heures pile, quand nous avons enfin terminé notre travail, il ne reste plus une seule goutte de cette peinture luminescente.

Quelques instants plus tard, nous nous retrouvons tous les quatre dans le lac, pour nous laver et nous rafraîchir. Personne ne propose de traverser à la nage. Nous restons au contraire tout près du quai, et très proches les uns des autres.

Avant de rentrer à la maison pour le souper, nous nous assurons que le canot et la chaloupe sont prêts à être utilisés et que les rames et les avirons sont bien en place, de même que les gilets de sauvetage. Aussitôt que nous apercevrons la lumière, nous pourrons partir sans perdre un instant.

Roxanne et moi préparons un plat de pâtes, avec des olives et des artichauts. Je crois pouvoir affirmer qu'il est bien réussi, mais personne n'a vraiment faim, et nous nous contentons de picorer dans nos assiettes, l'estomac noué par l'inquiétude.

Vers dix-neuf heures, nous nous installons autour de l'emplacement du feu de camp. Il est encore beaucoup trop tôt pour l'allumer, mais personne n'a rien de mieux à proposer, alors nous restons là, à attendre que la nuit finisse par tomber. Mathieu essaie de me montrer quelques accords sur sa guitare, mais je suis encore moins doué que d'habitude pour les apprendre. Pendant ce temps-là, Roxanne fait des tresses à Maude, qui n'arrive pas à détacher ses yeux de l'autre rive.

Nous gardons à nos pieds deux sacs qui contiennent des jumelles, deux lampes de poche, des couvertures, des chandelles, des allumettes et des couteaux de cuisine.

— Il ne manque que les crucifix et les gousses d'ail, a dit Mathieu quand nous avons préparé ces sacs, mais ça n'a fait rire personne.

On dirait que le temps s'entête à passer le plus lentement possible, et cela n'a sans doute rien à voir avec les horloges de M. Svonok.

Mercredi, à la tombée de la nuit

Cette fois, ça y est. Le soleil est couché, et il ne reste plus à l'horizon que des traces de rouge et d'orangé qui disparaîtront bientôt. La nuit s'annonce claire : la Lune vient de se lever du côté est, comme pour prendre la relève du Soleil, et elle est presque pleine. À moins que le ciel ne se couvre soudainement de nuages, nous pourrons y voir presque comme en plein jour, et c'est tant mieux.

— Qu'est-ce qu'on fait, maintenant ? demande Mathieu. On allume le feu ?

— Pourquoi ne pas attendre encore un peu ? répond Maude. Il faudra l'éteindre si nous avons à partir, et...

Elle n'a pas le temps de finir sa phrase : aussitôt que la dernière touche de rose disparaît à l'ouest, la maison fantôme s'allume de l'autre côté du lac, lumineuse comme jamais ; quelques minutes plus tard, notre maison s'illumine à son tour, comme pour répondre à son appel.

Mathieu se lève et fait un premier pas en direction du canot, mais je mets mon bras devant lui pour l'en empêcher.

— Attends un peu, Mathieu. J'aimerais que tu me dises ce que tu vois exactement.

— Pourquoi me demandes-tu ça ? Tu le vois aussi bien que moi, non ?

— J'aimerais quand même que tu me décrives la maison le plus précisément possible. C'est important.

— Bon... Je vois deux fenêtres illuminées, celles du rez-de-chaussée, qui se reflètent dans l'eau du lac. Pour le reste, je dois avouer que c'est flou, mais il faut dire que je suis un peu myope...

— Ma vue est meilleure que la tienne, poursuit Roxanne, qui plisse quand même les yeux pour mieux voir. Je distingue une porte, et quelque chose qui ressemble à un quai... C'est étrange : nous n'avons pas vu de quai, l'autre jour...

— Et toi, Maude ?

— J'aperçois le quai, moi aussi, ou du moins quelque chose de plus sombre, qui brise le reflet... Pourquoi nous demandes-tu ça, Steve ?

— Je voulais juste m'assurer que nous avons tous les quatre la même vision. Si c'était un rêve ou un quelconque produit de notre imagination, chacun aurait sans doute une image différente de cette maison. Ce que nous voyons fait donc bel et bien partie de la réalité, ou du moins de *notre* réalité. Je ne sais pas exactement ce qu'il faut en conclure, mais il me semble que ça valait la peine de le vérifier, non ?

— Tu as raison, Steve. On y va, maintenant ?

Mathieu et Maude montent dans le canot, comme d'habitude, tandis que Roxanne et moi embarquons dans la chaloupe. Roxanne s'assoit à l'avant, et elle sort aussitôt ses jumelles. Ma position de rameur m'oblige à regarder d'où nous venons, ce qui est un peu frustrant, mais je me rends bientôt compte que c'est loin d'être inutile : je peux en effet observer que notre maison, toujours aussi étrangement lumineuse, se reflète dans l'eau du lac, y laissant une grande traînée brillante. Une idée me traverse alors l'esprit : se pourrait-il que les deux reflets *se rejoignent* au milieu du lac ? Est-ce physiquement possible, ou bien est-ce une idée folle, comme d'aller chercher des pièces d'or au pied d'un arc-en-ciel ?

Je jette parfois un coup d'œil vers l'avant pour maintenir le cap, et, plus nous avançons, plus la maison d'en face m'apparaît comme le reflet exact de notre maison, ou plutôt de la maison de M. Svonok.

— Je vois le garage ! dit Roxanne, qui a toujours les yeux collés à ses jumelles. Il est exactement comme le nôtre, et tout aussi phosphorescent...

— Je le vois, moi aussi, chuchote Maude à partir du canot.

Elle a beau parler à voix très basse, nous l'entendons distinctement : la voix porte loin sur l'eau, et nous nous suivons de près.

— Il me semble que la lumière faiblit..., dit Mathieu.

— Tu as raison, confirme Roxanne. Est-ce qu'on ne pourrait pas avancer un peu plus vite ?

Nous ramons à plein régime, mais ça ne sert à rien. Lorsque nous arrivons à proximité du rocher émergé, à quelques mètres de la rive, nous ne voyons plus rien devant nous qu'une forêt d'épinettes.

Mathieu allume sa lampe de poche et éclaire la rive, sur laquelle nous ne distinguons rien d'autre que des branches inextricablement mêlées. Roxanne allume aussi une lampe de poche, sans plus de résultat : des branches, des branches et encore des branches...

— Je veux aller jusqu'au bord, dit Mathieu. Il faut que j'en aie le cœur net...

Comme la chaloupe est plus difficile à manœuvrer que le canot, Roxanne et moi décidons de rester près de la grosse roche et de continuer à éclairer Maude et Mathieu.

Le canot touche bientôt la rive, mais le réseau de branches est si dense qu'il n'y a pas moyen de mettre pied à terre. Mathieu s'y essaie quand même deux ou trois fois, puis il y renonce. Aurait-il réussi à débarquer qu'il n'aurait pas pu aller bien loin, de toute façon : la forêt est si touffue qu'il faudrait une machette pour s'y frayer un chemin.

— Qu'est-ce que ça veut dire ? demande Mathieu. Vous y comprenez quelque chose, vous ?

— Aussitôt que nous pensons approcher du but..., commence à dire Roxanne.

— *... la cible se défile de la flèche...*

La phrase est sortie de ma mémoire comme une flèche – c'est vraiment le cas de le dire – pour venir se planter dans le présent. Je l'ai prononcée à voix basse, mais tout le monde l'a bien entendue, et je crois que nous éprouvons tous le même frisson à l'idée que nos exercices d'écriture automatique aient pu être prémonitoires.

— *Vous traverserez quand la maison sera vide*, dit Maude d'une voix étonnamment grave. *Vous traverserez quand la maison sera vide et vous allumerez la télé*. C'est moi qui ai écrit cette phrase. Je ne l'ai pas retenue pour résumer mon texte parce qu'elle n'était pas très littéraire, n'empêche que je la trouvais bizarre. Je trouvais surtout qu'elle n'avait pas tellement rapport avec le reste...

— Ça signifie peut-être que nous pourrons revenir quand nous aurons terminé notre travail de l'autre côté ? demande Roxanne. Ce n'est que lorsque la maison sera *complètement* vide que nous pourrons enfin voir quelque chose...

— Qu'est-ce que c'est que cette histoire de télévision ? dit Mathieu. Il n'y a pas de télévision dans notre maison, et encore moins dans le reflet... Je n'y comprends rien.

— Je pense que nous avons intérêt à relire nos textes. Nous les avons gardés, j'espère ?

— Je les ai rangés dans mon sac à dos, répond Roxanne. Ils devraient y être encore. On rentre ?

Sur le chemin du retour, je suis maintenant le seul à pouvoir observer la rive opposée, et je n'aperçois rien d'autre pendant tout le voyage qu'un ciel sombre et la ligne des arbres qui se détache à l'horizon. Mes amis ne voient de leur côté que notre maison, éclairée par la Lune. Chaque fois que j'y jette un coup d'œil pour garder le cap, je ne peux m'empêcher de penser à la blague que Mathieu a faite, l'autre jour : *Peut-être que c'est la peinture qu'on utilise à Terre-Neuve pour peindre les phares, sait-on jamais?*

À quoi servent les phares, sinon à prévenir d'un danger ?

Jeudi

Jeudi, au réveil

Je me lève à huit heures après avoir dormi comme une bûche et je trouve Maude assise à la table de la cuisine. Encore en pyjama, elle a le nez plongé dans les papiers que nous avons passé une partie de la nuit à essayer de décrypter. Quand je lui dis bonjour, elle répond par un grognement. Les sourcils froncés, un crayon dans la bouche, elle a l'air si concentrée que je n'ose pas la déranger. Elle ne veut pas parler ? C'est parfait pour moi. Je n'ai jamais été très bavard le matin. Ma machine à parlotte se réveille toujours beaucoup plus tard que mon estomac, qui, pour l'instant, a grand besoin d'un jus d'orange et d'un bol de céréales.

Je me sers donc à manger et je m'installe à l'autre bout de la table. Je n'ai pas encore avalé ma première cuillerée de calories que Mathieu arrive à son tour. À peine plus réveillé que moi, il s'installe à côté de Maude et se sert lui aussi un grand bol de céréales, sans prononcer un seul mot.

Quand Roxanne vient nous rejoindre, quelques minutes plus tard, elle a l'air surprise de nous trouver là.

— Je pensais que personne n'était levé, explique-t-elle. Vous êtes bien silencieux, ce matin...

Mathieu répond par un grognement, j'en fais autant, et Maude ne répond rien du tout. A-t-elle seulement entendu Roxanne ? J'en doute. Peut-être n'a-t-elle même pas conscience que nous sommes assis en face d'elle. Elle prend des notes sur une feuille, concentrée comme pour un examen de maths, elle plisse le front, puis elle froisse son papier pour en faire une boulette qu'elle laisse tomber par terre, parmi de nombreuses autres.

— Ça ne sert à rien, Maude, finit par grommeler Mathieu. Il n'y a rien à comprendre là-dedans.

Non seulement Maude ne répond pas, mais elle ne donne aucun signe pouvant laisser supposer qu'elle a saisi la remarque de Mathieu. Les yeux rivés sur nos exercices d'écriture automatique, elle réfléchit tellement fort tout en mordillant son crayon que c'est tout juste si on ne voit pas la vapeur lui sortir par les oreilles.

— Tu veux du jus d'orange, Maude ? demande Roxanne.

Maude ne répond toujours pas. Roxanne lui sert quand même un verre et le pose tout juste à côté de sa main. Maude le regarde d'un air absent, comme si elle se demandait à quoi pouvait bien servir ce liquide orange contenu dans un récipient de verre. Je commence à être inquiet : qu'est-ce qu'on fait si Maude reste coincée dans cet état ?

Notre amie finit heureusement par se secouer et par avaler distraitement une gorgée de jus.

— Merci pour le café, Mathieu, dit-elle en se replongeant dans ses papiers.

Roxanne ne peut pas s'empêcher de rire, et c'est ce rire, finalement, qui réussit à faire redescendre Maude sur terre.

— Quoi ? Qu'est-ce qu'il y a ? Qu'est-ce que j'ai dit ?

— Ce n'est pas du café que tu bois, Maude, c'est du jus d'orange. Et ce n'est pas Mathieu qui te l'a servi, c'est moi, Roxanne... Sur quelle planète étais-tu ?

— Sur la Terre, je pense... Si c'est encore comme ça que ça s'appelle, évidemment...

— C'est la Terre, oui, elle n'a pas changé de nom pendant ton absence. Elle se trouve toujours entre Mars et Vénus, et elle n'a pas été colonisée par des extraterrestres... Ça fait combien de temps que tu es là ?

— Je n'arrivais pas à dormir, alors je me suis levée vers six heures et j'ai essayé encore une fois de mélanger nos textes pour voir ce que ça donnerait. La réponse se trouve quelque part dans nos écritures, j'en suis sûre.

— On a passé trois heures à essayer de les décortiquer hier soir, dit Roxanne, et on n'a pas obtenu le moindre résultat...

— Je sais bien, mais je sens que je brûle, et ça me frustre...

Mathieu continue à manger ses céréales, les yeux mi-clos, tandis que je prépare du café. Je devine qu'il n'a pas envie de se mêler à la conversation, et je le comprends. Nous avons passé une partie de la nuit à triturer nos phrases dans tous les sens, et ça n'a strictement rien donné. J'ai été le premier à aller me coucher, après avoir conclu que tout ça n'avait pas plus de crédibilité que les prophéties de Nostradamus. Comment notre inconscient pourrait-il prévoir l'avenir ? C'est ridicule. Si, ce matin, les filles veulent poursuivre leur analyse de texte, c'est leur droit. Pour ma part, je préfère imiter Mathieu et continuer à jouer les ours mal léchés.

— As-tu trouvé quelque chose de nouveau ? demande Rox à Maude.

— Pas vraiment... J'ai eu beau relire dix fois le texte de Steve, je retiens toujours le même passage : *Trouver la cible qui se défile de la flèche, les mots comme des flèches tirées au cœur de la nuit...* Il faut partir de là, j'en suis sûre. La cible représente la maison d'en face, qui se défile aussitôt que nous en approchons. La phrase suivante est plus obscure, mais ça peut vouloir dire que ce sont les mots qui vont nous permettre de comprendre : ils sont comme *des flèches tirées au cœur de la nuit...*

— Jusque-là, je te suis, dit Rox sur un ton encourageant. Continue.

— Je passe ensuite à mon texte, et je retiens encore une fois la même phrase qu'hier soir : *ne vous retournez pas, ne retournez jamais sur vos pas... vous traverserez quand la maison sera vide et vous allumerez la télé.* Je ne sais toujours pas ce que la télévision vient faire là-dedans, mais le reste me paraît limpide : ce n'est que lorsque nous aurons complètement vidé la maison, autrement dit quand nous aurons fini notre travail, que nous pourrons traverser. La seule phrase qui ait un sens dans le texte de Mathieu, c'est celle qui dit que *Ton kit à toi il est là où tu ne vas pas*. Ça peut laisser penser que la solution est de ce côté-ci du lac, et ça m'encourage à continuer à disséquer nos textes.

— Rien ne dit que *tous* les textes doivent servir...

— Le plus mystérieux, c'est ce que tu as écrit, Rox, reprend Maud sans répondre à sa remarque. *Mon ancre ouverte/je la vois au fond du lac/sous l'épaisse couche de glace/entre les pierres tombales/les pierres tombées du bal...* Si nous avions des masques de plongée, je proposerais d'examiner le fond du lac.

— Juste de penser qu'on pourrait y trouver des pierres tombales, ça m'enlève l'envie d'aller me baigner...

— Plus j'y pense, plus je me dis que c'est une fausse piste, intervient Mathieu sur un ton bourru. L'écriture automatique est une bonne façon de trouver des idées, mais ce n'est quand même pas une boule de cristal. On pourrait chercher la solution dans nos horoscopes, tant qu'à y être...

— As-tu quelque chose d'autre à proposer ? réplique Maude sur un ton cassant. Vas-y, on t'écoute !

— Je ne voulais pas t'offusquer, Maude.

— Offusquée, moi ? Pourquoi est-ce que je serais offusquée ? Je travaille depuis six heures du matin sur ces foutus textes, j'essaie de comprendre ce qui nous arrive, et je me fais dire par monsieur Je-Sais-Tout que ça ne vaut pas plus cher que l'astrologie ! Je ne vois pas pourquoi je me sentirais offusquée, tu as raison. Je devrais sans doute me sentir flattée, au contraire !

— Écoute, Maude, je n'ai jamais voulu laisser entendre que...

— Est-ce qu'on t'a déjà dit que ta calligraphie était épouvantable, Mathieu ? C'est illisible ! Un enfant de cinq ans se débrouillerait mieux que toi. Ça m'a pris une heure juste pour comprendre ce que tu as griffonné !

— C'est vrai que j'écris mal, mais je ne vois pas le rapport...

— Moi non plus. Je voulais juste te faire un compliment à ta manière. J'espère que tu n'es pas offusqué ?

J'essaie de leur servir du café en espérant que ça leur changera les idées : ils ont vraiment du feu dans les yeux, ces deux-là !

Roxanne a un meilleur réflexe que le mien :

— Écoutez, nous sommes tous un peu nerveux, dit-elle, c'est normal étant donné ce qu'on vit. Peut-être qu'on devrait faire attention à ce qu'on dit, non ?

— Tu as raison, Rox, répond Mathieu. Je m'excuse, Maude. Tu as travaillé fort, c'est vrai...

— D'accord, répond Maude sur un ton peu convaincant. N'empêche que si tu as quelque chose de mieux à proposer, Mathieu...

Elle n'a pas le temps de finir sa phrase que nous entendons un bruit incongru qui nous fait tous sursauter.

— Qu'est-ce que c'est que *ça* ? demande Mathieu.

Jeudi, neuf heures

Nous sortons tous les quatre pour tomber en arrêt devant un curieux camion bleu, orné de l'écusson rouge de l'Armée du Salut. C'est un modèle très ancien, avec un capot sur le devant, au bout duquel on ne serait pas surpris de trouver une manivelle. Le bruit incongru provenait du klaxon, qui semble lui aussi provenir d'une autre époque.

L'homme qui descend du camion ressemble à un personnage de film muet : c'est un tout petit bonhomme à la tête ronde, qui porte une moustache démodée, fine comme un trait de crayon, et qui est vêtu d'un uniforme trop serré. Le pantalon est trop court, les manches de sa veste aussi, et il serait sûrement incapable de refermer les boutons dorés de cette veste sur sa petite bedaine bien ronde. Il nous salue en soulevant sa casquette, puis il tend un papier à Mathieu. Celui-ci le lit, puis le remet au chauffeur.

— Je pensais que vous viendriez demain, dit Mathieu.

Notre visiteur ne semble pas comprendre. Il se contente de sourire et reste planté là, à regarder à gauche et à droite, comme s'il attendait qu'un metteur en scène lui donne des instructions.

— ... À bien y penser, c'est peut-être mieux comme ça, finit par dire Mathieu. Ça nous obligera à coucher sur nos tapis de sol, ce soir, mais ce sera plus facile de faire le ménage quand tous les meubles seront partis.

— Si je comprends bien, il faut charger les lits dans le camion ? demande Maude.

— Les lits, la table de cuisine, les chaises, la cuisinière, tout ce qui reste. Il faudra même vider le réfrigérateur. Heureusement que nous avons une glacière de camping...

Nous nous mettons tous à l'ouvrage, et bientôt, dans toute la maison, il ne reste plus rien qui ait appartenu à M. Svonok.

Le chauffeur de l'Armée du Salut soulève encore une fois sa casquette pour nous saluer, puis il s'installe au volant de son drôle de véhicule, et nous le regardons disparaître au bout du chemin. Même le bruit du moteur semble anachronique : on dirait une tondeuse à gazon pour enfants.

— Quel drôle de bonhomme, dit Roxanne. Il me faisait penser à un figurant dans un film muet.

— Peut-être qu'il était vraiment muet, ajoute Maude. Il n'a pas dit un traître mot.

— Il ne s'est pas seulement trompé de jour, il s'est aussi trompé d'époque. Vous n'avez pas l'impression que le temps est déréglé, vous autres ?

— Écoutez-moi bien, tout le monde, dit Mathieu sans répondre à ma question. Il ne nous reste que le ménage de la maison à terminer. Il faut encore laver les murs des chambres, puis les fenêtres et les planchers de toutes les pièces. On pourrait facilement achever tout ça demain, comme prévu. Mais si on relève nos manches, on pourrait avoir fini dès ce soir.

— Pourquoi se presser ? demande Roxanne. Ton père ne revient que dimanche, non ?

— Ce soir, la maison sera vide, répond Mathieu. Absolument vide. Nous pourrons alors retourner de l'autre côté et en avoir le cœur net.

— Tiens, tiens, rétorque aussitôt Maude sur un ton railleur. Aurais-tu commencé à croire à l'astrologie, par hasard ?

— ... Ça défie la logique, mais je suis persuadé que nous trouverons quelque chose quand la maison sera vide, tu as raison. J'ai eu tort de me moquer de toi, tout à l'heure, et je te présente mes excuses.

— Et, moi, je retire ce que j'ai dit à propos de ta calligraphie : tu écris comme un pied, c'est vrai, mais certains pieds sont plus doués que d'autres...

— ... Très drôle... Qu'est-ce que vous pensez de mon plan ?

— Je suis d'accord, répond Maude. On y retourne ce soir, quoi qu'il advienne. Qu'est-ce que tu en dis, Steve ?

— Je suis d'accord, moi aussi. Roxanne ?

— Qu'est-ce qu'on attend pour se mettre à l'ouvrage ?

Jeudi, pendant la journée

La véranda s'étend sur toute la façade de la maison, elle est entourée de dix grandes fenêtres, et chacune de ces fenêtres est composée de douze petits carreaux. Maude et Roxanne commencent immédiatement à les nettoyer, et on entend bientôt leurs *couic couic* énergiques. Pendant ce temps, Mathieu et moi lavons les murs et les planchers des chambres. Ils sont couverts d'une couche de suie si épaisse que l'eau devient noire dès qu'on y rince notre linge, si bien qu'on passe plus de temps à vider et remplir les seaux qu'à laver.

Nous n'aurons heureusement pas à peindre les murs quand ils seront débarrassés de leur crasse : ils sont recouverts de planches de pin vernies, et il suffit d'enlever la suie pour leur redonner vie. Nous pouvons alors distinguer toutes les veines du bois, et on a presque l'impression que des bourgeons vont y éclore. Le plus difficile, c'est de laver les plafonds : l'escabeau de M. Svonok est bancal, et juste un peu trop court pour qu'on puisse atteindre le plafond confortablement. Il faut donc tenir nos linges à bout de bras, et de longues coulées d'eau sale glissent jusque dans nos manches. Le travail est difficile, mais il n'est pas question de nous arrêter : les filles ne relâchent jamais leurs efforts, elles non plus, et leurs *couic couic* nous stimulent.

À dix-sept heures, Roxanne et Maude ont enfin terminé les vitres de la véranda, et elles s'attaquent aux fenêtres des chambres. Nous travaillons bientôt avec un synchronisme parfait : aussitôt qu'elles en ont fini avec une pièce, nous lavons le plancher à grande eau, et chaque pièce que nous quittons est propre comme un sou neuf.

À dix-neuf heures trente, nous sommes complètement épuisés, mais nous avons fini notre travail. Le dernier seau d'eau sale a été vidé, et nos instruments de travail ont été rangés dans le garage, en même temps que nos valises, nos tapis de sol et nos sacs de couchage.

La maison de M. Svonok est maintenant vide, totalement et absolument vide.

Nous sommes plantés devant elle, tous les quatre, et nous ne nous lassons pas de la regarder.

— Elle est vraiment magnifique, dit Maude. C'est fou, mais j'ai l'impression que c'est *ma* maison. C'est comme si je l'avais construite moi-même, planche après planche, comme si j'avais planté chacun des clous...

— Je pense comme toi, Maude, ajoute Mathieu. Nous avons travaillé pendant trois semaines pour un parfait étranger, et pourtant je me suis appliqué comme si je travaillais pour mon propre compte.

— Chaque fois que je me dis que cette maison sera vendue à quelqu'un d'autre que nous, ça me frustre, dit Roxanne. Imaginez un riche Américain antipathique qui arrive ici au volant de son Hummer. Il regarde à peine la maison, il signe un chèque en mâchouillant un cigare dégueulasse, et la maison est à lui...

— Mon père m'a déjà dit qu'il vendait parfois des maisons sur photo, dit Mathieu. Certains clients ne se déplacent même pas. Tout ce qui les intéresse, c'est de spéculer.

— Pourquoi imaginer le pire ? Peut-être que la maison sera vendue à des gens sympathiques, après tout. En attendant, je propose qu'on aille se laver dans le lac, puis qu'on mange un morceau avant de traverser. Je meurs de faim, moi. Pas vous ?

Jeudi, vingt heures

Moi qui prétendais mourir de faim, voilà que j'ai toutes les peines du monde à terminer mon sandwich. J'ai beau ingurgiter des litres d'eau, j'ai toujours la gorge sèche. Mes amis ne disent rien, mais je sens qu'ils réagissent tous de la même manière. Nous mastiquons machinalement, les yeux fixés sur l'autre rive, à court de salive.

Le soleil n'est pas encore couché, mais notre maison n'a jamais été aussi lumineuse. On dirait qu'elle se prépare pour l'ultime rendez-vous. Toutes les lumières sont éteintes, mais elle semble pourtant éclairée de l'intérieur, comme si des spécialistes des effets spéciaux y avaient installé leurs spots les plus puissants, projetant une lumière si intense qu'elle traverse les planches.

Il n'y a pas un souffle de vent, les oiseaux se sont tus, et les feuilles des arbres sont parfaitement immobiles, de même que les grandes branches de pin qui servent habituellement d'autoroutes pour les écureuils. Où sont d'ailleurs passés ceux-ci, et comment se fait-il que nous n'entendions pas le moindre chant d'oiseau ni le plus petit piaillement ?

Il n'y a pas de vagues sur le lac, ni même de rides. À cette heure-là, on voit souvent de gros poissons sauter hors de l'eau pour attraper des mouches. Où se cachent-ils ?

Pourquoi la nature est-elle muette, tout à coup ?

J'ai à peine le temps de formuler la question que le chalet d'en face s'illumine.

— Je crois que nous pouvons y aller, dit simplement Mathieu.

Il n'y a rien à ajouter. Nous savons tous, nous sentons tous que c'est ce soir que ça se passe.

Je pousse la chaloupe jusqu'au quai pour permettre à Roxanne d'y embarquer tandis que Mathieu et Maude montent dans le canot. Gilets de sauvetage, sacs à dos, jumelles, couvertures, imperméables, tout est prêt depuis longtemps.

Je donne un premier coup de rames tout en regardant notre maison, et j'ai la conviction que si le fantôme de M. Svonok existe vraiment, il ne tardera pas à se manifester.

Nous naviguons de conserve, fendant cette eau qui n'a jamais été aussi étale, et dans laquelle se reflète le soleil couchant. Tout est si calme que nous n'entendons que les grincements des rames et le bruit de nos respirations, de plus en plus profondes à mesure que nous approchons de cette mystérieuse maison.

— Qu'est-ce que c'est que *ça* ? demande Roxanne.

Ça, c'est une oscillation de plus en plus forte qui agite la chaloupe, comme si une gigantesque créature venue des profondeurs du lac s'amusait à secouer notre embarcation.

Il n'y a pourtant pas la moindre vague autour de nous, pas de courant non plus...

J'arrête de ramer et je me penche pour mieux voir. Le tangage arrête aussitôt, et j'assiste bientôt à un spectacle extraordinaire.

— Qu'est-ce qui se passe ? demande Maude. Pourquoi arrêtez-vous ?

Ce que je vois est à la fois si beau et si étrange que je ne réponds même pas à sa question, de peur de briser la magie. Je reste là à regarder le lac, absolument fasciné par le spectacle qui s'offre à mes yeux, et tout le monde en fait bientôt autant.

La surface du lac ressemble maintenant à un immense miroir brisé, dont chacun des éclats me renvoie des images surgies du passé : la maison où j'ai toujours vécu avec mes parents, le chemin qui mène au verger, la remise à outils où j'aime m'installer pour écrire mes histoires, mon chien Niko qui court avec moi parmi les pommiers – Niko est mort il y a dix ans, mais il me semble plus vivant que jamais, là, dans ce reflet –, mes bandes dessinées, mon premier vélo, celui qui avait des petites roues sur le côté, mon premier bâton de hockey en plastique, dont j'avais courbé la lame moi-même pour imiter mes idoles de la Ligue nationale... Des morceaux de mon enfance m'apparaissent dans le désordre, comme si on projetait des diapositives sur les éclats brisés d'un grand miroir qui couvrirait entièrement le lac.

Le plus étrange, c'est que je n'ai jamais vu ces images dans un album de photos ni dans les vidéos que mon père tournait. Certains de ces souvenirs avaient complètement disparu de ma mémoire, et depuis très longtemps. Comment se fait-il qu'ils surgissent là, devant mes yeux, avec autant de précision ? Mes amis voient-ils la même chose que moi, ou bien aperçoivent-ils des fragments de leur propre passé ?

— C'est... c'est magnifique, chuchote Roxanne comme pour répondre à ma question. Jamais je n'aurais cru que je reverrais ça un jour : ma pouliche, ma collection de gommes à effacer, mon Snoopy en peluche...

Je ne suis donc pas le seul à avoir ces visions, mais je ne me sens pas rassuré pour autant.

Personne d'autre que moi ne peut se souvenir de cette automobile téléguidée que j'ai reçue à Noël quand j'avais huit ans et qui s'est brisée dès le premier jour. Ces images proviennent de mon cerveau, c'est certain, mais comment font-elles pour sortir de ma tête et se retrouver là, sur le lac ? Comment se fait-il que je puisse *flotter sur mon passé* ?

Mathieu et Maude ont-ils, eux aussi, ces visions ? J'essaie de repérer leur canot, mais j'ai beau me tourner vers la gauche et vers la droite, devant et derrière, je n'arrive pas à les apercevoir. Peut-être ont-ils poursuivi leur route et sont-ils déjà arrivés de l'autre côté ? Je scrute l'horizon, en vain. Il fait pourtant suffisamment clair pour bien discerner ce qui se passe sur toute la surface du lac, et même sur les rives... Où sont-ils passés ?

C'est à ce moment-là que le temps se dérègle pour de bon.

Ce que je vais maintenant vous raconter est un peu difficile à suivre, je préfère vous en avertir. J'ai bien essayé de remettre les pièces du casse-tête dans leur suite logique, mais ce qui se produit cette nuit-là défie la logique.

Aujourd'hui encore, je n'arrive pas à comprendre comment ni pourquoi les événements ont pu se produire *dans cet ordre*, et je ne sais même pas combien de temps tout cela a pu durer. J'ai donc décidé de raconter les événements comme je les ai vécus *à ce moment-là*, pour que vous compreniez bien mon désarroi. Tenez-vous bien, ça commence...

Fragments

Fragment 1

La grosse Jeep du père de Mathieu s'immobilise devant la maison, et son bruit me tire d'un sommeil profond. J'ouvre un œil : Roxanne n'est pas là. Elle doit être déjà levée. Peut-être que les deux autres sont debout, eux aussi ? Dans ce cas, ils se feront sûrement un plaisir d'accueillir le patron. Je peux donc me rendormir en paix... Je tapote mon oreiller pour le rendre plus confortable, mais un bruit de klaxon insistant m'empêche de dormir.

J'enfile mes jeans et mon t-shirt, je sors de la chambre pour aller vers la cuisine, où je ne vois personne. J'imagine que tout le monde est dehors, en train d'inspecter les travaux. Il me semble d'ailleurs entendre des voix...

Je traverse la véranda, je sors à l'extérieur et je tombe sur le père de Mathieu, qui a pris du recul pour mieux admirer la maison.

— Vous avez fait un excellent travail, me dit-il. C'est magnifique ! On dirait une maison neuve, mais qui aurait été construite avec des matériaux d'une autre époque... Vous avez dû travailler comme des fous pour arriver à un tel résultat en si peu de temps ! Je comprends que vous vous leviez si tard ! Je vais prendre quelques photos pour les mettre sur Internet...

Me lever tard ? Les questions se bousculent dans ma tête encore à moitié ensommeillée : Quelle heure est-il, au juste ? Quel jour sommes-nous ? Où sont les autres ? Qu'est-ce que je fais ici ? Comment se fait-il que je ne sois plus sur le lac ? Que s'est-il passé la nuit dernière ?

— Excusez-moi, M. Lachapelle, mais vous étiez supposé venir dimanche matin, non ?

— Mais nous sommes dimanche, Steve ! Et il est midi passé. Où sont les autres ?

— ... Attendez-moi, je reviens.

Je cours dans la maison pour aller frapper à la porte de la chambre de Mathieu et de Maude, mais je m'arrête au milieu de la véranda. Il n'y avait rien dans cette pièce quand j'en suis sorti, j'en mettrais ma main au feu, mais elle est maintenant remplie de centaines d'horloges. Leur tic-tac est assourdissant, et elles se mettent bientôt à sonner l'heure en même temps, dans un vacarme infernal.

Je poursuis mon chemin jusque dans la cuisine et je tombe sur Roxanne, Maude et Mathieu, qui mangent leurs crêpes en silence. Comment se fait-il que je ne les aie pas vus tout à l'heure ? On dirait qu'ils n'entendent pas les horloges, pas plus qu'ils ne paraissent s'apercevoir de ma présence. Maude se lève pour aller ranger le pichet de jus d'orange dans le réfrigérateur, et ce n'est qu'à ce moment-là que je réalise que le réfrigérateur est encore là, de même que les chaises, la vaisselle, la cuisinière... Je mets un bon moment avant de comprendre ce qui cloche : *je ne suis pas dans la cuisine de M. Svonok, mais dans celle de mes parents. C'est le même pichet, la même table, la même vaisselle... Nous sommes remontés dans mon enfance...*

Je fais un pas vers mes amis, mais je sens une résistance, comme si j'essayais de traverser une pellicule de plastique invisible... Et je me retrouve instantanément dans la chaloupe, au milieu de la nuit. Roxanne et moi sommes maintenant tout près du rocher, et nous nous apprêtons à accoster sur l'autre rive.

Fragment 2

Roxanne a attaché la chaloupe au quai, un vrai quai en bois qui n'a pas disparu comme par enchantement quand nous avons accosté. Cette fois-ci, il y a bel et bien deux maisons : celle que nous avons quittée, là-bas, qui continue à nous éclairer depuis l'autre rive, et celle-ci, qui lui ressemble point pour point. Les deux maisons sont illuminées et leurs reflets se rejoignent au milieu du lac, comme s'ils traçaient une route lumineuse.

Il y a pourtant quelques différences entre les deux rives : de ce côté-ci du lac, il n'y a aucune trace de ces grands pins dont on distingue les hautes silhouettes sur l'autre rive. Le terrain est complètement dégagé, et recouvert d'une pelouse bien entretenue sur laquelle tourbillonnent des feuilles aux couleurs de l'automne, poussées par le vent. Il fait plutôt frisquet, et de la fumée sort de la cheminée. La maison semble habitée : plus nous nous en approchons, Roxanne et moi, plus nous pouvons distinguer, sur la véranda, des bibliothèques garnies de livres, des lampes, des plantes vertes qui grimpent comme des vignes... À l'étage, une lumière s'allume, puis s'éteint.

— Peut-être que nous devrions signaler notre présence avec la lampe de poche, suggère Roxanne. M. Svonok ne doit pas recevoir de visiteurs très souvent, et surtout pas pendant la nuit. Ce serait bête de lui faire peur...

— Lui faire peur ? Nous sommes en face d'une maison fantôme, sans doute habitée par un fantôme, et c'est *lui* qui aurait peur de nous ?

Roxanne ne semble pas avoir entendu ce que j'ai dit : elle ouvre son sac, en sort une lampe et envoie des signaux lumineux en direction de la maison. Personne ne lui répond. Au lieu de cela, une lumière s'allume dans le garage. Cela m'intrigue : la Studebaker s'y trouverait-elle encore ?

— Attends un peu, Rox. Je vais aller voir ce qui se passe là-dedans, et je reviens tout de suite...

— C'est comme tu veux, répond-elle. *Mais il faudra bien que tu entres dans cette maison, toi aussi. Chacun son tour, Steve...*

Je voudrais lui demander de m'expliquer le sens de sa réplique, mais je me sens irrésistiblement attiré par l'étrange lumière qui sort du garage. Je marche vers elle d'un pas de somnambule, et plus je m'approche, plus il me semble entendre de la musique nasillarde et un bruit de moteur.

J'avance encore de quelques pas et j'aperçois la bonne vieille Studebaker. Mathieu est assis derrière le volant et il me lance des appels de phares. Je m'assois sur la banquette avant, du côté du passager, et Mathieu éteint aussitôt la radio, qui diffusait une chanson d'Elvis Presley ; mon ami se met ensuite à me parler en regardant devant lui, mais sa voix me semble provenir de très loin, comme dans un rêve.

— Écoute-moi le son de ce moteur, dit-il. Un vrai poème ! Tout ce qui manquait à notre bonne vieille Studebaker, c'était une batterie en état de marche. Heureusement que M. Svonok m'a aidé à reculer dans le temps pour la trouver...

(Ne vous inquiétez pas si vous trouvez que les propos de Mathieu n'ont aucun sens. Je n'y comprenais rien, moi non plus, et je ne suis pas sûr de comprendre davantage aujourd'hui.)

— ... Si tu es venu me rejoindre ici, poursuit Mathieu en regardant toujours droit devant lui, c'est que tu as sûrement rencontré M. Svonok, toi aussi. Es-tu prêt à rentrer à la maison, maintenant ? Nous n'avons qu'à emprunter la route qui fait le tour du lac.

— Je ne savais pas qu'il y avait une route...

— Moi non plus, me dit-il en souriant. On y va ?

Il embraye sans attendre ma réponse, sort tout doucement du garage, et la Studebaker s'engage dans un chemin forestier si étroit que des branches égratignent les portières. Ce n'est pas un chemin à proprement parler, mais plutôt deux ornières irrégulières qui mettent la suspension à rude épreuve. Les phares de la vieille voiture sont puissants, mais nous ne voyons rien d'autre devant nous que des arbres, des arbres et encore des arbres.

Nous sortons enfin du chemin forestier, et nous nous trouvons devant notre chalet. Il est entouré de pins, et nous sommes de nouveau en plein été : il s'agit donc de notre chalet, non pas de son reflet.

Le feu de camp est allumé, et Maude le contemple.

Je m'approche d'elle tandis que Mathieu va stationner la Studebaker dans le garage. Comment ai-je réussi à sortir de l'auto sans même m'en apercevoir ? Aucune idée. J'ai l'impression d'être dans un film découpé en morceaux, puis monté n'importe comment.

Maude est seule et elle joue de l'harmonica en regardant danser les flammes. Elle joue si bien que j'ai l'impression pendant un moment que c'est sa musique qui nourrit le feu, comme si elle était devenue charmeuse de serpents, ou plutôt charmeuse de flammes.

— C'est beau, ce que tu joues.

— Merci, Steve. Je me sens tellement bien depuis que j'ai éteint la télévision que ça déteint sur ma musique.

— ... La télévision ? Quelle télévision ? De quoi parles-tu ?

Elle me regarde d'un air étrange, comme si c'était moi qui tenais des propos incompréhensibles.

— ... Tu n'as pas encore rencontré M. Svonok ? Qu'est-ce que tu fais ici, dans ce cas ? Je croyais que tu étais rentré avec Roxanne...

Je ne comprends rien à ce qu'elle me raconte, mais je m'accroche à sa dernière phrase.

— Roxanne est ici ?

— Bien sûr, oui. Je pense qu'elle est en train de lire sur la véranda...

Maude se remet à jouer de l'harmonica, et la magie opère une fois de plus : les flammes semblent danser sur sa musique.

Je me dirige vers la véranda, où je trouve ma Roxanne à moi, le nez plongé dans un vieux livre pour enfants.

— Je suis contente de te voir, Steve. As-tu éteint la télé ?

— Qu'est-ce que vous avez tous avec votre histoire de télévision ? Je ne sais pas de quoi vous parlez !

— Dans ce cas, il faut que tu y retournes, Steve. Tu as dû prendre le mauvais chemin.

Je n'ai pas le temps de lui répondre que je me retrouve une fois de plus sur le lac.

Fragment 3

Me voici de nouveau au milieu des fragments de miroir, à mi-chemin entre les deux maisons, tellement désorienté que je suis incapable de savoir d'où je viens et où je vais. Je suis seul dans ma chaloupe, sans Roxanne, et la nuit est maintenant tout à fait tombée. Le ciel est couvert de nuages qui masquent la Lune, et le lac n'est éclairé que par les reflets des deux maisons, qui tracent encore une grande avenue lumineuse.

Les éclats de miroirs s'éloignent lentement de la chaloupe, et je distingue des images au fond de l'eau. Je ne sais pas si elles existent vraiment ou si c'est moi qui les projette, je ne sais même pas où je suis ni qui je suis à ce moment-là, mais je sais que ces images sont affreuses et que je suis pourtant incapable de m'en détourner.

Je vois d'abord des milliers de poissons qui se déplacent par bancs compacts, de grands poissons difformes, aux yeux rouges, qui se dévorent entre eux et qui emportent des morceaux de chair vers les profondeurs du lac, où ils partagent leur repas avec des insectes hideux.

Les poissons et les insectes disparaissent aussi vite qu'ils étaient apparus, et j'aperçois maintenant des pierres tombales couvertes d'algues et de mousse, entre lesquelles circulent des anguilles interminables.

Mon nom est inscrit sur une de ces pierres tombales, mais j'ai à peine le temps de le lire que d'autres images défilent, dans le désordre le plus complet : des automobiles enflammées dans lesquelles les pilotes sont enfermés, une déesse égyptienne à tête de chat qui déclenche des épidémies, un crâne de bouc transpercé d'un clou, des statues de saints pendues la tête en bas, des araignées géantes qui dévorent des chevaux encore vivants... Cette dernière image est si réaliste que je lis la terreur dans les yeux des chevaux.

Je voudrais détourner mon regard, mais une voix intérieure me dit que ce serait pire encore si j'essayais de regarder ailleurs. Quand bien même je détournerais les yeux, ces images seraient encore là et elles reviendraient me hanter un jour ou l'autre, au moment où je m'y attendrais le moins. Si c'est *moi* qui fabrique ces images, c'est à *moi* de les affronter. Il *faut* que je les regarde.

Je continue à examiner le fond du lac et je vois maintenant l'image de mon frère, victime d'un chauffard imbibé d'alcool. Mon frère essaie de me parler, mais je ne peux pas l'entendre.

Je ne comprends rien à ce qui m'arrive, je veux que ça finisse…

Fragment 4

Je sors du garage, encore ébloui par les phares de la Studebaker, et j'aperçois Roxanne qui entre dans la maison fantôme. Pourquoi y va-t-elle sans moi ?

— Roxanne ! Attends-moi !

Elle ne m'entend pas. Je cours vers elle en espérant la rejoindre, mais plus je cours, plus je m'éloigne, comme dans un mauvais rêve. Ne pars pas, Rox, j'ai tellement besoin de toi !

Je sens le sol trembler sous mes pas : c'est maintenant la terre qui se brise en fragments de miroirs, comme une banquise qui se séparerait de la calotte glaciaire et partirait à la dérive.

Je suis emporté sur un de ces fragments, en route vers je ne sais où.

Fragment 5

Roxanne est derrière le comptoir de la bibliothèque de mon école secondaire. Elle y travaille pendant les cours d'éducation physique, parfois aussi pendant l'heure du dîner. C'est là que je l'ai vue pour la première fois, il y a longtemps déjà, mais je m'en souviens comme si c'était hier. Je m'en souviens d'autant mieux que *nous sommes hier*.

— Je voudrais prendre ce livre, lui dis-je en déposant le *Guide de l'auto* sur le comptoir.

— Tu t'intéresses aux automobiles ?

— Oui, c'est-à-dire que non, pas vraiment... En fait, c'est pour me documenter.

— Tu veux acheter une auto ?

— En fait, je veux écrire un roman.

C'est la première fois que j'ose parler à quelqu'un des romans que j'ai toujours rêvé d'écrire, la première fois aussi que j'ose parler à Roxanne et même l'inviter à la maison. Elle dit oui. Elle dit oui et me fait un si beau sourire que j'ai l'impression d'exploser en dedans.

Merci, Rox. Merci d'être revenue, même si ce n'est que dans un souvenir qui s'éloigne maintenant de moi comme le petit bateau de bois s'éloignait du quai. Où est-ce que je dois aller maintenant ? Faut-il encore que je me laisse emporter dans le passé ? Jusqu'où dois-je reculer avant de pouvoir avancer à nouveau ?

Fragment 6

Me voici encore une fois au milieu des morceaux de miroir. J'y distingue maintenant des pupitres, des tableaux et des gommes à effacer, des globes terrestres, des cahiers de devoirs, des cartes géographiques, des tapis de gymnastique...

J'aperçois ensuite une salle de classe, ou plutôt un amphithéâtre. M. Vinet, mon professeur de français préféré, occupe la place du maître.

— Tu es en retard, Steve, me dit-il d'une voix caverneuse. J'espère que tu trouveras une place libre...

Je regarde attentivement : il n'y a personne dans cet immense amphithéâtre.

— Nous pouvons enfin commencer, puisque tout le monde est arrivé, poursuit M. Vinet d'une voix forte, comme s'il s'adressait à des centaines d'étudiants. Il n'y a rien de plus facile que de déclencher la peur, quand on sait s'y prendre. Nul besoin d'avoir de l'imagination, contrairement à ce qu'on pourrait croire. Il s'agit plutôt d'utiliser l'imagination des autres, de la même façon qu'un lutteur se sert de la force de son adversaire pour le déséquilibrer. Celui qui veut effrayer son lecteur doit donner *juste ce qu'il faut* de nourriture à son imagination. Une Studebaker, des horloges, une peinture étrangement phosphorescente... L'imagination fera le reste. Les pires monstres sont toujours ceux qu'on ne voit pas, Steve.

M. Vinet disparaît, tous les morceaux du miroir se dispersent, et les reflets des deux maisons se rejoignent une fois de plus pour tracer un grand chemin de lumière. Est-ce que j'aurais retrouvé ma route ?

Fragment 7

Je rame en direction de la maison fantôme quand je croise Maude et Roxanne qui semblent rentrer à la maison. Je leur fais un signe de la main, mais elles ne me voient pas. Le temps de me pencher pour prendre une lampe dans mon sac à dos, les deux filles ont disparu. D'où je suis, je vois pourtant toute la surface du lac, de nouveau éclairée par la Lune et par les reflets des deux maisons. Où mes amies ont-elles bien pu aller ?

Je monte sur le quai, je m'avance vers la maison fantôme et j'aperçois une fois de plus une lumière étrange provenant du garage. La Studebaker sort de celui-ci et s'engage sur la route, *le bruit du moteur est beau comme un poème*, et j'ai tout juste le temps d'apercevoir Mathieu derrière le volant. Il me semble qu'il y a un passager à ses côtés, mais j'ai du mal à le reconnaître, ou plutôt à me reconnaître. Se pourrait-il que ce soit moi, que je sois en deux endroits en même temps ?

Un chien se promène sur le gazon. Un Golden Retriever. Comment s'appelait le chien de M. Svonok, déjà ? *Oural*, oui, c'est ça… Il vient frôler ma jambe, à la manière des chats, puis il marche devant moi en branlant la queue, comme s'il voulait que je le suive. Je fais deux pas et j'arrête, pour vérifier si mon interprétation est bonne. Le chien revient encore une fois se frotter contre ma jambe, puis il se dirige de nouveau vers la maison. Je recommence le même manège deux ou trois fois, jusqu'à ce qu'il n'y ait plus aucun doute dans mon esprit : il veut vraiment que je le suive jusque dans la maison.

Il pousse la porte de la véranda, et j'y entre à mon tour. Je vois des centaines de livres dans les bibliothèques, des plantes vertes qui grimpent partout comme des vignes, et des horloges sur tous les murs et sur toutes les tables, des horloges dont les aiguilles tournent dans tous les sens, mais dont les mécanismes sont étrangement silencieux.

Oural me guide jusque dans le salon, où un homme est assis devant le téléviseur. Je ne le vois que de dos, mais je reconnais tout de suite ses cheveux coupés en brosse et ses grosses lunettes de corne. Le chien se couche à ses pieds, et l'homme commence à le flatter tandis que les images défilent sur l'écran du téléviseur, silencieuses, sans suite logique : on y voit des courses d'automobiles, des oiseaux noirs, des navires de guerre...

— Tu n'as pas à avoir peur, Steve. Je ne suis qu'un vieil homme inoffensif, un ingénieur sans imagination, un de ces passants qu'on croise chaque jour sur sa route sans jamais se demander d'où ils viennent et qu'on oublie aussitôt. Tu m'oublieras, toi aussi, comme les autres, quand cet instant se sera refermé sur lui-même. Je ne suis qu'un ingénieur qui s'est trompé dans ses calculs, tout bêtement, et qui se retrouve maintenant coincé à jamais devant ce stupide téléviseur, condamné à revoir sans cesse les mêmes images qui sont stockées dans son cerveau... Toujours les mêmes images, jour après jour après jour... Toujours les mêmes images... Toujours les mêmes images...

Je reste là sans bouger et sans oser répondre. Je ne sais pas si M. Svonok peut m'entendre ni même si nous faisons partie du même univers, du même espace-temps...

— Toujours les mêmes images... Toujours les mêmes images...

Qu'est-ce qui lui arrive ? Serait-il resté coincé ?

— ... Je n'ai jamais eu beaucoup d'imagination, Steve, poursuit-il après une courte pause. Tu t'appelles bien Steve, n'est-ce pas ?

Mais il ne me laisse pas le temps de répondre et poursuit son monologue comme si de rien n'était.

— Évidemment que tu t'appelles Steve, puisque les trois autres sont déjà venus... Tu as mis plus de temps que tes amis à vaincre tes résistances, mais te voilà, c'est tout ce qui importe. Mon seul véritable talent, Steve, c'est la patience. J'ai apprivoisé le silence et la solitude, j'ai monté et remonté des horloges, je suis allé aussi loin que possible sur le chemin de la science, et j'ai finalement réussi à trouver le moyen de briser le temps, de le faire voler en éclats. Mais plus j'y pense – et j'ai tout le temps qu'il me faut pour penser, crois-moi ! –, plus je me dis que j'ai travaillé comme un fou pour découvrir ce que tout le monde sait déjà : les voyages dans le temps n'ont jamais existé ailleurs que dans les romans de science-fiction, Steve, et ils n'existeront jamais. La preuve a d'ailleurs été établie depuis longtemps : s'il devenait un jour possible de voyager dans le temps, les habitants du futur seraient *déjà* venus nous visiter, ou alors ils auraient visité nos ancêtres, et nous aurions recueilli leurs témoignages. Tout ce qui nous est donné, Steve, c'est notre propre temps, le temps que dure notre vie. On peut s'engouffrer dans ses fissures, on peut essayer de se perdre dans le passé et refuser de le quitter, on peut au contraire ne vivre que d'espoirs, mais on revient toujours d'où on est parti. Le point de départ, c'est le présent, impossible d'en sortir. Je suis bien placé pour le savoir, Steve : mon présent à moi est bloqué, peut-être même à tout jamais...

Mais je ne suis pas ici pour te raconter mes problèmes, Steve, ni pour te donner un cours de physique. Écoute-moi bien, Steve, j'ai quelque chose d'important à te proposer.

Comment sait-il mon nom ? Comment sait-il même que je suis là, quelques pas derrière lui, osant à peine bouger, de peur de me retrouver une fois de plus au milieu du lac, parmi les images d'horreur, ou dans quelque recoin du passé ?

— Voilà déjà trois semaines que vous êtes chez moi, poursuit-il, et j'ai aimé ce que j'ai vu de vous. Vous auriez pu bâcler votre travail, mais vous avez travaillé honnêtement. Je vous dois d'ailleurs des excuses pour avoir trop longtemps négligé de laver les murs. J'étais vieux, mon dos me faisait souffrir, et j'avais fini par m'habituer à ma vieille crasse... Mais je ne suis pas là pour te parler de ménage. J'ai quelque chose à t'offrir, Steve, quelque chose d'important. Regarde bien ce téléviseur. Pour le moment, tu ne vois que des images sans suite, mais si je te confie la télécommande, tu pourras y entrevoir ton avenir. Je ne peux pas te garantir que les images seront celles que tu souhaiterais, mais je peux t'assurer qu'il s'agit bel et bien de morceaux de ton avenir. Les images seront fragmentées, exactement comme celles de ton passé que tu as vues sur le lac, mais ce seront de vraies images, je te le garantis. À toi de choisir, Steve. Voici la télécommande...

Je prends la manette qu'il me tend, je regarde les boutons : *pause*, *mute*, *rewind*, *fast forward*...

Qu'est-ce que je fais ? Qu'est-ce que vous feriez, vous ?

J'hésite encore une demi-seconde, puis j'appuie sur *stop*.

Rewind

Dimanche soir

— C'est tout ? Ça finit comme ça ? s'exclame Maude.

— Moi, j'aime bien cette fin, Steve, dit Mathieu en lançant quelques brindilles sur les braises pour essayer de ranimer les flammes du feu de camp. C'est un peu déstabilisant, mais c'est dans la lignée de la série *Sauvage*. Une histoire d'horreur ne peut pas se terminer par un *happy end*, c'est impossible : ça doit finir mal, ou alors *rien que sur une patte*, comme dirait M. Vinet... En tant que personnage, je te donne ma bénédiction. Ça fait longtemps que tu y penses ?

— Depuis le tout premier feu de camp, quand Maude nous racontait ses histoires de colonie de vacances. J'ai imaginé ce chalet illuminé, de l'autre côté du lac, et j'ai bricolé le reste en utilisant ce que j'avais sous la main : un chalet, de vieux livres, une Studebaker...

— Je me demande ce que mes campeurs auraient pensé de ton histoire, dit Maude. Il n'y a pas de sang, pas de mort, personne n'a été démembré, mais ça ne t'a pas empêché de nous mener par le bout du nez... Il est plutôt *cool*, ton fantôme. Ça fait changement.

— Les humains ne sont pas tous sadiques. Pourquoi les fantômes le seraient-ils ?

— Je suis d'accord avec toi, mais est-ce que tu ne pourrais pas développer un peu la fin ? suggère Roxanne. Je la trouve précipitée : on devine que Steve refuse de regarder son avenir, mais pourquoi fait-il ce choix ? Et qu'est-ce qui arrive avec les autres ? Ils sont tous rentrés *à la maison*, comme tu dis, mais tu n'expliques jamais leurs motivations... Ont-ils tous refusé la proposition de M. Svonok ?

— Rox a raison, dit Maude. Tu ne peux pas nous mener en bateau tout ce temps-là et finir par nous laisser en plan. Qu'est-ce qui arrive avec nous ?

— J'y ai bien réfléchi pendant que je grattais la peinture, cet après-midi, et voici ce que je me suis dit : si j'avais vraiment eu la possibilité d'entrevoir mon avenir, comme M. Svonok l'a offert à mon personnage, j'aurais sûrement été rongé par la curiosité, mais je n'aurais certainement pas regardé. Si mon futur est horrible, je préfère ne pas le savoir et profiter au maximum du temps qu'il me reste. S'il me réserve au contraire de grands bonheurs, je préfère me garder la surprise. Il y a évidemment de fortes chances que ma vie se situe à mi-chemin de ces deux extrêmes, que je vive un mélange plus ou moins réussi de bonheurs et de malheurs, comme tout le monde. Dans ce cas, je préfère encore ne pas le savoir à l'avance : si mon raisonnement vaut pour les extrêmes, il doit valoir aussi pour toutes les situations intermédiaires... Tout être humain intelligent ferait le même choix, non ?

— ... C'est ce que je ferais, moi aussi, dit Mathieu après y avoir réfléchi quelques instants. Si je connaissais mon avenir, ça gâcherait tout mon plaisir. On n'aurait plus jamais à choisir quoi que ce soit, tout serait déjà décidé ? Ça n'a aucun sens ! Et puis si je savais d'avance qu'il allait m'arriver un malheur épouvantable, je n'arrêterais pas d'y penser.

— Vous avez sûrement raison, dit Maude. Personne de sensé ne voudrait connaître son avenir, surtout si on ne peut pas le changer, et encore moins courir le risque de rester coincé dans le présent, comme ce pauvre M. Svonok... Sa machine à voyager dans le temps n'a pas l'air tout à fait au point, si vous voulez mon avis... N'empêche que je serais dévorée par la curiosité...

— Je maintiens quand même que tu aurais pu être plus clair, Steve, dit Rox. Ta fin n'est pas satisfaisante.

— Et si j'avais gardé un morceau de miroir dans ma poche ? Juste un petit morceau de mon avenir, aperçu par hasard, et que j'aurais gardé pour toi ?

— ... Et qu'est-ce qu'on verrait, sur ce fragment ?

— Qu'est-ce que tu dirais d'un mariage ? Tu aurais une belle robe blanche, je viendrais te chercher sur mon cheval et je t'emmènerais dans mon château...

— Là, tu parles ! dit Roxanne.

— Dites-le-nous si nous sommes de trop, intervient Mathieu. On peut aller s'asseoir dans la Studebaker et disparaître, si vous voulez...

— ... À moins que Rox et Steve ne partent en voyage de noces dans cette Studebaker ?

suggère Maude. Mathieu serait le chauffeur, et moi la dame de compagnie... J'ai toujours rêvé d'une belle robe bleue, en soie, avec une longue traîne...

— Vous ne trouvez pas qu'on disjoncte pas mal, là ? Un peu de respect pour mon histoire, s'il vous plaît ! C'est moi l'auteur, après tout !

— Steve a raison, reprend Rox. Un détail que j'ai bien aimé, dans ton histoire, c'est l'employé de l'Armée du Salut qui semble sortir tout droit d'un film muet. Il est totalement absurde, et ça me le rend sympathique.

— Qu'est-ce qui arrive avec le bateau de bois ? demande Maude. Je le trouvais joli, moi, ce jouet d'enfant qui affrontait bravement la tempête.

— On peut présumer qu'il est prisonnier du présent, comme ce pauvre M. Svonok.

— Je pensais que tu nous révélerais à la fin que ton M. Svonok était une sorte de psychiatre, dit Mathieu tout en remuant les dernières braises du feu de camp avec un bâton.

— Un psychiatre ? Pourquoi ?

— Steve fait un voyage difficile dans son enfance et il finit par choisir le présent... C'est une sorte de thérapie, non ?

— Je n'y avais pas pensé... Peut-être que je pourrais attribuer à M. Svonok un autre diplôme, un diplôme de psychiatrie de l'Université de Leningrad...

— N'en rajoute pas trop, Steve ! réplique Maude. À mon avis, c'est bien assez compliqué comme ça !

— Et si on allait dormir, maintenant ? propose Mathieu. Nous ne sommes malheureusement pas dans une histoire, Steve. Dans la réalité, il nous reste encore du travail à abattre avant d'être vraiment en vacances.

Ici et maintenant

Me voici chez Roxanne. Elle est assise dans son fauteuil en osier préféré, sur la véranda, et mon manuscrit est posé sur ses genoux. Elle boit une gorgée de limonade avant de me livrer ses commentaires.

— Je me demande si ce n'est pas un peu trop compliqué, toutes ces histoires de temps fragmenté. J'ai peur que tu ne perdes des lecteurs en cours de route...

Une précision s'impose avant d'aller plus loin : si vous avez lu les précédentes aventures de Steve Charbonneau, le personnage créé par Steve Charbonneau (me suivez-vous ?), vous savez déjà que Mathieu et Maude existent vraiment. Roxanne existe vraiment, elle aussi, évidemment, sinon je ne serais pas en train de discuter avec elle de mon dernier manuscrit. Non seulement Roxanne existe vraiment, mais j'adore discuter de mes romans avec elle, et j'aime encore plus que nos réalités soient inextricablement mêlées.

— Ce que tu as écrit là ressemble beaucoup à ce que tu nous as raconté autour du feu de camp. Tu as ajouté une foule de détails, évidemment. C'est bon pour l'ambiance. J'aime bien ce que tu as fait avec nos textes d'écriture automatique : tu les as modifiés juste ce qu'il fallait pour qu'ils s'insèrent dans la trame du récit, tout en respectant nos styles respectifs. Comme ce n'est pas véritablement une histoire d'horreur, tu peux donc te payer une fin heureuse, je n'y vois aucun problème. Mathieu, Maude, Roxanne et Steve passeront donc les prochaines semaines à repeindre le chalet, à jouer au *Risk*, à gratter de la guitare et à chanter autour de feux de camp... Il y a pourtant un détail qui me laisse sur mon appétit. Ça m'a agacée tout au long du récit, et ça m'agace encore plus à la fin.

— Quoi donc ?

— Steve et Roxanne passent un mois dans un chalet avec leurs amis. Si on oublie le fantôme de M. Svonok, il n'y a aucun adulte dans les environs. Steve et Roxanne ont dix-sept ans... Me vois-tu venir ?

— Je ne suis pas sûr. Continue...

— Tu sais très bien ce que je veux dire : certains indices laissent croire que Roxanne et Steve dorment dans la même chambre, mais tu ne parles jamais de leur lit. Quand Steve se réveille, Roxanne est toujours déjà levée...

— Penses-tu que j'aurais vraiment amélioré mon histoire en ajoutant quelques scènes torrides ?

— ... Peut-être pas, non, mais tu aurais pu tout au moins saupoudrer quelques épices, ici et là, pour relever le plat. Il aurait suffi d'une ou deux allusions... Je suis sûre qu'il y a plein de lecteurs et de lectrices qui auraient apprécié.

— Tu te souviens de ce que disait toujours M. Vinet à propos des monstres ? *Les pires monstres sont ceux qu'on ne voit pas*... J'ai toujours pensé que ça valait aussi pour les scènes d'amour : ce qu'on ne nous montre pas est souvent bien plus excitant, non ?

— ... À condition d'avoir de l'imagination...

— Je suis rassuré de ce côté-là : ma lectrice préférée n'en manque certainement pas. Et si on revenait à la réalité, maintenant ?

— Il n'en est pas question ! Laisse-moi plutôt fermer les yeux un instant, que j'imagine ma robe de mariage... Tiens-tu vraiment à ce qu'elle soit blanche ?

Du même auteur chez d'autres éditeurs

Jeunesse

Corneilles, Boréal, 1989.

Zamboni, Boréal, 1989.

- Prix M. Christie

Deux heures et demie avant Jasmine, Boréal, 1991.

- Prix du Gouverneur général

SÉRIE DAVID

David et le Fantôme, Dominique et compagnie, 2000.

- Prix M. Christie
- Liste d'honneur IBBY

David et les monstres de la forêt, Dominique et compagnie, 2001.

David et le précipice, Dominique et compagnie, 2001.

David et la maison de la sorcière, Dominique et compagnie, 2002.

David et l'orage, Dominique et compagnie, 2003.

David et les crabes noirs, Dominique et compagnie, 2004.

David et le salon funéraire, Dominique et compagnie, 2005.

- Prix TD de littérature canadienne pour la jeunesse

Albums

L'été de la moustache, Les 400 coups, 2000.

Madame Misère, Les 400 coups, 2000.

Tocson, Dominique et compagnie, 2003.

Voyage en Amnésie et autres poèmes débiles, Les 400 coups, 2004.

Le vilain petit canard, Editions Imagine, 2005.

Adultes

La Note de passage, Boréal, 1985. B.Q., 1993.

Benito, Boréal, 1987. Boréal compact, 1995.

L'Effet Summerhill, Boréal, 1988.

Bonheur fou, Boréal, 1990.

Fiches d'exploitation pédagogique

Vous pouvez vous les procurer sur notre site Internet à la section jeunesse/matériel pédagogique.

www.quebec-amerique.com